À l'ombre des feuilles

Éditrice-conseil : Sylvie-Catherine de Vailly
Infographiste : Johanne Lemay
Révision : Élyse-Andrée Héroux
Correction : Caroline Hugny
   et Ginette Choinière

DISTRIBUTEURS EXCLUSIFS :

Pour le Canada et les États-Unis :
MESSAGERIES ADP* inc.
2315, rue de la Province
Longueuil, Québec J4G 1G4
Téléphone : 450-640-1237
Télécopieur : 450-674-6237
Internet : www.messageries-adp.com
* filiale du Groupe Sogides inc.,
   filiale de Québecor Média inc.

Pour la France et les autres pays :
INTERFORUM editis
Immeuble Paryseine, 3, Allée de la Seine
94854 Ivry CEDEX
Téléphone : 33 (0) 1 49 59 11 56/91
Télécopieur : 33 (0) 1 49 59 11 33
Service commandes France Métropolitaine
Téléphone : 33 (0) 2 38 32 71 00
Télécopieur : 33 (0) 2 38 32 71 28
Internet : www.interforum.fr
Service commandes Export – DOM-TOM
Télécopieur : 33 (0) 2 38 32 78 86
Internet : www.interforum.fr
Courriel : cdes-export@interforum.fr

Pour la Suisse :
INTERFORUM editis SUISSE
Case postale 69 – CH 1701 Fribourg – Suisse
Téléphone : 41 (0) 26 460 80 60
Télécopieur : 41 (0) 26 460 80 68
Internet : www.interforumsuisse.ch
Courriel : office@interforumsuisse.ch
Distributeur : OLF S.A.
ZI. 3, Corminboeuf
Case postale 1061 – CH 1701 Fribourg – Suisse
Commandes :
Téléphone : 41 (0) 26 467 53 33
Télécopieur : 41 (0) 26 467 54 66
Internet : www.olf.ch
Courriel : information@olf.ch

Pour la Belgique et le Luxembourg :
INTERFORUM BENELUX S.A.
Fond Jean-Pâques, 6
B-1348 Louvain-La-Neuve
Téléphone : 32 (0) 10 42 03 20
Télécopieur : 32 (0) 10 41 20 24
Internet : www.interforum.be
Courriel : info@interforum.be

06-14

© 2014, Recto-Verso, éditeur
Charron Éditeur inc.,
une société de Québecor Média

Charron Éditeur inc.
1055, boul. René-Lévesque Est, bureau 205
Montréal, Québec, H2L 4S5
Téléphone : 514-523-1182

Dépôt légal : 2014
Bibliothèque et Archives nationales du Québec

ISBN 978-2-924259-48-1

Gouvernement du Québec – Programme de crédit
d'impôt pour l'édition de livres – Gestion SODEC –
www.sodec.gouv.qc.ca

L'Éditeur bénéficie du soutien de la Société de
développement des entreprises culturelles du
Québec pour son programme d'édition.

Nous reconnaissons l'aide financière du gouvernement du Canada par l'entremise du Fonds du
livre du Canada pour nos activités d'édition.

STÉPHANE
BOULÉ

À l'ombre des feuilles

ROMAN

RECTO
VERSO

Une société de Québecor Média

« Lorsque j'étais jeune, je tenais
un journal des regrets
dans lequel je mentionnais jour après jour
mes erreurs.
Mais il ne se passait jamais un seul jour
sans que j'aie à l'ouvrir vingt ou trente fois.
Et comme je finis par réaliser
qu'il en serait toujours ainsi,
je décidai de l'abandonner. »

Jocho Yamamoto, *Hagakuré*
(En français, le terme japonais *hagakuré*
signifie « caché dans les feuillages »
ou « à l'ombre des feuilles ».)

« Les choses ne changent pas.
C'est nous qui changeons. »

Henry David Thoreau

À toi, Marie-Claude,
en attendant celui que tu m'as demandé

Prologue

Mikaël ferme le cahier posé devant lui, se recule sur son siège et gagne la pénombre. Son crayon roule vers le bord de la table, mais s'immobilise à un cil de la chute. Les yeux clos, les mains jointes derrière la tête, il bâille en s'étirant. Sa chaise geint : une salve de craquements se disperse à travers la pièce et s'étiole dans l'obscurité.

Le temps de sept souffles, il regagne la clarté et rouvre le cahier à l'ultime page noircie. Il récupère son crayon et ajoute : « J'en ai assez de ces jours de papier. »

L'air satisfait, il referme le cahier et se lève presque sans bruit.

À même le filet d'eau froide que siffle le robinet, il remplit la bouilloire et la branche. Sur la surface chromée de l'objet, son image distordue rapetisse alors qu'il retourne s'asseoir. Nouveaux craquements.

La table est encombrée. Il ouvre le premier cahier Canada encore vierge qu'il trouve. Couverture bleue. Il consulte l'horloge de la cuisinière, sur le point de faire basculer aujourd'hui dans demain, et inscrit « 22 août 1993 » en haut de la première page. Il ajoute « Minuit » et se lance.

Le chuchotis de l'eau qui chauffe naît et grandit dans le silence.

« Désormais, je vivrai ma vie sans me la raconter. D'ici l'aube, je cesserai d'écrire ce journal.

J'ai si longtemps engourdi mes accès d'angoisse en déversant mots et maux sur le papier que j'en suis venu à ne plus pouvoir dormir avant d'avoir passé le temps qu'il fallait sous la vieille Tiffany. Le large cône de lumière qui émane de cette lampe mordorée délimite l'espace où le temps s'arrête pour moi, la nuit venue. Son rayonnement m'isole à cette table, m'aide à recomposer, au présent de l'indicatif, un quotidien déjà passé.

Je me suis égaré en remplissant ainsi tous ces cahiers. Au début, j'écrivais pour ralentir le flux de mes pensées. J'étais prêt à tout pour retrouver le sommeil. Pour éviter de sombrer. Avec le temps, j'en suis venu à ne plus pouvoir m'endormir sans avoir noirci ma dose quotidienne de pages vierges, soulagé du fardeau décodé d'une autre journée.

Je n'ai pas encore vingt-cinq ans, mais j'ai parfois l'impression de me corroder les méninges depuis beaucoup plus longtemps, comme si je traversais des vies successives. Ces derniers mois, cet été surtout, je suis parvenu comme jamais auparavant à décrypter des bribes de ce qui ronge mon quotidien. Je progresse, je crois. Et avant que l'été se termine, j'ai besoin de comprendre pourquoi je me suis rétabli. Cet éclairage me sera utile si, un jour, à nouveau, je perds pied.

Ce soir, et toute la nuit s'il le faut, je dois retrouver les jours décisifs, les heures clés. Repérer et extraire de mes cahiers les passages qui, empilés les uns sur les autres, m'ont permis de me hisser là où j'en suis maintenant, presque ressorti de l'abîme. »

Il dépose son crayon au milieu du cahier ouvert, dans le creux formé par la reliure. Il se masse les tempes, frotte vigoureusement ses paupières closes. Un déclic lui fait tourner la tête. La bouilloire vient de s'arrêter. Derrière, la fenêtre embuée laisse entrevoir la lune gibbeuse dans un halo suintant.

Il retire le couvercle d'une cafetière à piston, y jette deux cuillerées de café moulu et une pincée de cardamome. Il hume le mélange, ferme les yeux. Vient enfin l'eau bouillante. Le couvercle du piston replacé, il s'immobilise et détaille longuement la lune à travers la fenêtre au-dessus de l'évier. Une goutte minuscule descend soudain sur la vitre, creuse un sillon dans la buée et grossit dans sa course, tranchant le disque opalin en parts inégales. Émergeant de sa contemplation, il presse lentement le piston, puis se verse une pleine tasse de ce café fumant.

À pas feutrés, il retourne s'attabler. Il souffle délicatement sur la surface de son philtre et en avale une première gorgée. Avec précaution, il dépose la tasse près des autres objets à sa portée : un tournevis cruciforme, une boîte d'ampoules de 60 watts, un vieux manuel de charpenterie, une montre au bracelet disloqué et une agrafeuse.

Se penchant vers l'avant, il saisit une pile de cahiers qu'il dépose devant lui. Il les ouvre l'un après l'autre et dispose ceux qu'il rejette en créant, à sa droite, une nouvelle pile.

Il écarte vite ceux de mars, d'avril et de mai. Au bout d'un moment, sa main s'arrête sur un cahier jaune : juin.

Il en parcourt les premières lignes, glissant l'index sous les mots qu'il dévore, comme le ferait un lecteur aveugle sur du braille. Il ralentit, sourcille, opine, puis détache les feuillets de ce jour de juin et les agrafe à la suite des deux pages qu'il vient d'écrire. Le claquement de l'agrafeuse rebondit sur le plafond avant de se dissiper. L'éclairage faiblit soudain, puis revient à sa luminosité initiale. Cette fois-ci, l'ampoule tient le coup. Il se détend. L'horloge de la cuisinière indique minuit vingt. L'obscurité règne au-delà du cône. Seule la lumière jaunie d'un lampadaire planté de l'autre côté de la rue découpe les meubles du salon. Un soupir ensommeillé suivi d'un bruissement, lointain, l'incite à s'immobiliser.

Au bout de quelques secondes, le silence réinstallé, il dépose l'agrafeuse sans un bruit et reprend la lecture des feuillets maintenant incorporés à son cahier bleu, qu'il pousse de quelques centimètres vers le centre de la table, sous l'éclairage de la Tiffany.

La poutre dans mon œil
23 juin 1993

15 h 40

Je vais tout casser.

Les poings sur les hanches, j'inspire aussi profondément que possible. Combien de temps vais-je encore pouvoir me contenir ?

Mon directeur m'observe, l'air ennuyé. Il ajuste la chevalière et les anneaux qui ornent ses doigts potelés. Je me tiens debout devant son bureau. Lui, il en est incapable. Un authentique « Assis », racorni, comme ceux que Rimbaud dénonçait. Au fond, non. Je me trompe. Mon directeur, lui, est bien pire.

J'inspire.

Désinvolte, il se carre dans son fauteuil en le faisant continuellement pivoter. Gauche, droite. Droite, gauche. Gauche, gauche. Et régulièrement, il revient à ses bagues en tendant les doigts devant lui. Il refuse d'agir.

Je voudrais hurler, mais je me débrouille pour réfréner ma colère. Mais pourquoi n'intervient-il pas ? Il faut que je parvienne à lui faire entendre raison.

J'inspire à nouveau. Il se défile, encore.

— La police ne fera rien... rien. Et as-tu pensé aux parents, aux commissaires, au conseil d'établissement ? Tu n'y trouveras aucun appui... aucun ! dit-il en saisissant son nez difforme entre le pouce et l'index et en tirant dessus, comme s'il voulait en distendre les cartilages pour les réaligner.

Avant de répondre, j'expire lentement. Je dois me calmer.

— Peut-être, mais c'est votre appui que je sollicite, monsieur Fourbier, pas le leur.

— Mais Mikaël, voyons, c'est ça, une polyvalente ! soupire-t-il, traînant la voix. Même un jeune prof tel que toi devrait maintenant le savoir !

Je sens mon pouls dans mes tempes, dans mon cou. Je n'en reviens pas de l'entendre ainsi justifier son inaction.

— Non, me risqué-je.

— Non ? Qu'est-ce que tu veux dire ? ajoute-t-il en feignant, j'en demeure convaincu, d'essayer de comprendre.

M'énerve de plus en plus.

— Ce n'est pas ça, une polyvalente. Ce...

J'hésite avant de poursuivre. Il me fixe. Ses joues rosissent. Et puis tant pis ! Il va connaître le fond de ma pensée.

— Ce n'est pas ÇA, une polyvalente. Toutes les écoles ne sont pas comme la vôtre. Un directeur aussi expérimenté que vous, monsieur, devrait maintenant le savoir.

Là, je crois que je viens de pousser trop loin. Fourbier sourcille à peine, mais ses oreilles et son visage s'empourprent. C'est ça, oui, j'ai indubitablement poussé trop loin.

— Ce n'est certainement pas à toi de me faire la leçon. Avec toutes les...

Il cherche le bon mot.

— ... difficultés...

Il en détache les syllabes avec insistance.

— ... que tu as éprouvées cette année, Mikaël, tu devrais te concentrer sur la poutre logée dans TON œil. Tu connais le proverbe ?

Bon. Touché. Je devais m'y attendre. Septembre 1992 n'est pas nécessairement le mois que je souhaite le plus me rappeler. Par la suite toutefois, les choses se sont quand même mieux passées.

— Monsieur Fourbier, je sais bien que j'ai encore beaucoup à apprendre et que ma première année n'a certainement pas été exemplaire, mais je sais aussi faire la part des choses. Nous avons, vous et moi, nos responsabilités, et nos torts en quelque sorte. Ne...

Cette expression qu'il affiche... Je... je n'ose continuer. Je n'ai plus une seule once de crédibilité à ses yeux. Insister ne servira à rien désormais. Et lui hurler mon indignation ne fera qu'aggraver mon cas.

Je tourne les talons et me dirige vers la sortie pour éviter de pousser mon supérieur à bout. Il serait bien capable de me congédier séance tenante.

— Nous en rediscuterons en septembre si tu en ressens toujours le besoin, suggère-t-il dans mon dos, complaisant. En septembre, Mikaël. Ferme derrière toi, je te prie.

— Oui, oui.

13

Je quitte la pièce, mais je laisse sa porte ouverte. Quel courageux rebelle je fais !

Le désespoir rejoint la colère qui monte en moi. Si seulement je n'avais pas tant gaffé cette année, si j'avais su mieux m'y prendre, il m'aurait sans doute écouté un peu plus sérieusement. J'en veux à Fourbier, c'est vrai, mais je m'en veux aussi.

Je presse le pas. Mes doigts se crispent, mais soudain la course prend fin. Le désespoir l'emporte. Une douleur aiguë me transperce le crâne d'une tempe à l'autre. Je vois noir. Je m'arrête et trouve appui au mur. Le froid du béton m'immobilise pendant que la honte de mes échecs des derniers mois me roue de coups. Des images de mes débuts difficiles ressurgissent alors, comme un reflux nauséeux.

Dès que mes élèves sont entrés en classe, ils m'ont cherché. Je crois maintenant comprendre pourquoi : je me cachais. Ce jour-là, le premier, ils sont vite parvenus à me débusquer derrière mon rempart de papier. Me donnant des airs affairés, je ne leur jetais que de rares coups d'œil. Certains souriaient, d'autres sourcillaient. Je percevais leurs chuchotements et imaginais leurs petits complots. Déjà, oui. Leurs éclats de rire me faisaient sursauter.

Sur le tableau au fini mat, j'avais écrit, en lettres script : « Mikaël Langevin – français. » Juste au-dessus, en haut à droite, j'avais ajouté : « 1er septembre 1992. »

Malgré la présence des élèves, je relisais mes notes. De seconde en seconde, les derniers pupitres encore libres trouvaient preneur. Une bousculade sans conséquence est survenue entre deux garçons. J'ai regardé ma Timex : plus que deux minutes avant la cloche. Je me forçais à sourire pour répondre aux regards que je croisais, qui me sondaient. Certains laissaient transparaître la curiosité, d'autres, l'amusement. Deux ou trois élèves paraissaient déjà excédés et affichaient une moue de dédain en examinant les piles de livres et de paperasse que je leur réservais.

Et la cloche a fini par retentir.

Premier *round*.

En guise de mot de bienvenue, je leur ai offert un très sincère toussotement.

— Hu-hum ! Je m'appelle Mikaël Langevin. Cette année, j'enseignerai le français de troisième secondaire. J'ai la charge de quatre groupes d'élèves, dont le vôtre. C'est ma première année, mais je souhaite…

Trois phrases lancées sans grande assurance, et déjà je sentais que je perdais l'attention de quelques garçons et filles avachis sur leur chaise ou négligemment accoudés. Déjà ils se remettaient à s'observer les uns les autres, à bavarder même. Je suis revenu à mes notes, puis j'ai entamé la présentation du cours. Quand je levais les yeux, c'était pour les braquer sur le mur du fond, évitant systématiquement les leurs. Un truc qu'on m'avait appris pour contrer le trac. Pourri, ce truc.

— Euh !… excusez-moi, il faudrait m'écouter. C'est facile, vous verrez. Euh !… S'il vous plaît ! avais-je souvent tenté en haussant légèrement le ton.

Quelques élèves consentaient alors à se taire et revenaient à mon exposé en boudant, mais cette docilité n'était que feinte. Elle ne durait pas.

Au moment où j'ai abordé la question du travail à réaliser à la maison, un garçon aux cheveux noir corbeau, occupé à découper ce qu'il restait de sa gomme à effacer au moyen d'un couteau rétractable, a interrompu son petit bricolage et s'est redressé sur sa chaise :

— Qu'est-ce qu'y s'passe si on fait pas notre deuve ?

Je me suis figé en entendant le mot « deuve », dont j'ai saisi, avec un léger décalage, qu'il s'agissait d'un diminutif de « devoir ». Cette question, la première de toute l'heure de cours, m'a déstabilisé. J'ai songé à demander à ce garçon de lever la main quand il souhaitait m'interroger, mais je me suis plutôt concentré sur la réplique la plus adéquate dans les circonstances. Cet élève en a remis avant même que j'aie pu ébaucher un début de réponse :

— J'veux dire, si on comprend pas. Faudrait pas faire n'importe quoi, hein ?

Il me fixait sans ciller, frondeur. Les autres observaient la scène avec un sourire complice.

J'ai hoché la tête : je tentais de rassembler mes idées pour lui répondre convenablement. Les autres semblaient amusés par mes hésitations. Inquiet de perdre la face, je me suis lancé :

— Votre nom, jeune homme ?

— Dumont, Francis Dumont, a-t-il répliqué en fredonnant ensuite le thème des films de James Bond, ce qui a déclenché une cascade de rires dans la classe.

J'ai attendu que ce brouhaha s'estompe et j'ai poursuivi :

— Je m'attends à ce que vous fassiez tous vos devoirs avec application et assiduité. C'est pour vous aider à approfondir ce que nous apprenons en classe que vous aurez occasionnellement quelques exercices à faire à la maison. Mais si vous n'arrivez pas à bien les faire en travaillant de votre mieux, eh bien, vous m'en glisserez un mot et je vous aiderai avec plaisir ! Je sais me montrer compréhensif ! Je ne suis pas beaucoup plus vieux que vous, vous savez. Ça vous va comme ça ?

Francis Dumont, qui venait de lancer un autre bout de gomme à effacer dans le dos d'une grande blonde assise quelques places devant lui, a acquiescé par un vague coup de tête. Quelques mèches de cheveux sont tombées devant ses yeux. Pendant une fraction de seconde, un rictus inamical l'a défiguré. Certains élèves ont échangé des regards entendus. Cette réponse leur allait très bien. Trop bien.

Le timbre marquant la fin du cours m'a interrompu, les a libérés. Même si j'étais toujours en train de présenter la première tâche à réaliser en guise de devoir, les jeunes se sont levés et ont quitté la pièce sans me laisser terminer. La plupart d'entre eux ont délibérément oublié de prendre leur exemplaire de la feuille d'exercices que j'avais laissée sur un pupitre vacant près de la sortie.

— P'tite année tranquille en français, mon Ben ? a lancé l'un d'eux à son voisin.

— Ouin ! Ça va être plate en chien aussi ! a échappé un autre.

— On travaillera pas fort icitte. Et c'est parfait d'même ! J'ai d'autres choses à faire, moé ! s'est exclamée la grande blonde à la chevelure garnie de projectiles roses et blancs.

La plupart ont quitté les lieux en rigolant.

Moi, qui avais tout entendu, je me suis contenté de baisser la tête pour éviter de croiser leurs regards. Un « Nul à chier ! » chuchoté mais bien senti m'a quand même atteint, et mis K.O.

La classe était redevenue déserte. Aucun élève ne m'avait remercié ni même simplement salué. Les bras croisés, j'ai entrepris de détailler l'état des lieux: les chaises n'étaient pas replacées, des morceaux de gomme à effacer et des boulettes de papier jonchaient le sol. Trois ou quatre manuels et une demi-douzaine d'exemplaires de mon syllabus avaient été oubliés sur les pupitres, sans doute à dessein. À ce moment précis, j'aurais bien volontiers ouvert une fenêtre et pris un grand bol d'air frais, mais outre la porte, aucune ouverture ne perçait les quatre murs de béton de la classe où Fourbier m'avait installé.

Une gomme à mâcher encore luisante de salive était collée sur le mur près de la sortie. Dès que je l'ai aperçue, je me suis précipité pour la retirer et l'ai lancée, ainsi qu'un soupir, dans la poubelle. Le corridor adjacent était désert. J'étais déçu, désorienté même. J'ai pris appui contre le mur un court moment. Je devais me ressaisir: d'autres élèves arriveraient sous peu. J'ai refermé la porte.

Le béton a tiédi. Je reviens à moi, ici, maintenant. Les stries du relief mural sont estampées sur ma paume et à l'intérieur de mon avant-bras.

Fixant le sol de terrazzo sans le voir, puis interrogeant le vide devant, je ravale ma déception, refoule ces souvenirs d'une première année scolaire peu reluisante à laquelle je n'ai que survécu, professionnellement parlant, et me remets en marche. La douleur qui me voile la vue se dissipe au fur et à mesure de ma progression. Je m'engage dans le plus long couloir de la polyvalente — également le moins éclairé —, en direction de mon bureau.

Cette aile de l'édifice, d'ordinaire achalandée, se révèle méconnaissable sans les élèves. Un ou deux collègues y récupèrent leurs effets personnels. D'autres circulent, encombrés de caisses de livres ou de piles d'examens destinés aux archives. Au loin, une déchiqueteuse à papier hurle par intermittence ses accents les plus stridents.

Plus j'avance, plus le couloir s'assombrit. Un tunnel. Le gris épaissit et le froid s'accentue.

Perçant presque mon isolement, l'écho d'une question me parvient, des salutations aussi, mais je n'y réponds pas. Je m'enfonce.

Les portes de nombreuses classes désertes sont restées ouvertes. Un mouvement singulier retient soudain mon regard et freine mes pas : un peu de poussière pulsée par les courants d'air virevolte, révélée par les rais du soleil qui filtrent des fenêtres du mur ouest. Mon esprit, lui, cesse lentement de tournoyer, puis s'éclaire : Fourbier, mes élèves, leurs échecs. Mes échecs. Je n'enseignerai plus ici en septembre. Je n'enseignerai plus nulle part. Ras-le-bol ! Et si je sais précisément comment j'emploierai ma dernière heure dans cette polyvalente, j'ignore ce que je ferai désormais de ma vie.

Un timbre mélodique retentit, me tire de ma léthargie. Seize heures. Je me remets en marche vers mon bureau.

16 h 10

Après avoir déniché quatre caisses de carton dotées de solides poignées, je vide mes tiroirs et mes étagères. Je range mon vieil exemplaire du *Bon usage*, mes dictionnaires, quelques romans que je prêtais occasionnellement à mes élèves, l'antique recueil de poèmes de Rimbaud si cher à ma mère. Je me débarrasse des objets confisqués et non réclamés en les jetant dans un bac à ordures laissé au milieu du couloir par le personnel d'entretien.

Je procède ensuite à quelques allers-retours à ma Volkswagen, dont l'arrière, maintenant chargé, effleure dangereusement le sol.

Il me reste à récupérer le sac de cuir brun que Jolianne, ma première vraie blonde, la seule, pour ainsi dire, m'a offert. Un sac de professeur, comme elle aimait à le souligner pour me taquiner. Elle était si fière de moi quand j'ai obtenu mon diplôme. Ses yeux, le jour de la collation des grades, brillaient d'un éclat qui projetait mille promesses. Elle me voyait plus grand que je ne pourrai jamais l'être. Et moi, je me suis reconnu dans son regard. Je l'ai crue.

Je m'assois un moment à mon bureau et contemple ce calme inhabituel. Je frissonne. Petit à petit, le désespoir cède du terrain à la tristesse. Professeur. Maudit rêve ! Je ne suis pas professeur. Je me suis vraiment gouré.

16 h 50

Juste avant d'atteindre le hall d'entrée, je perçois des voix entremêlées qui s'échappent du secteur de l'administration. Parmi elles, je distingue celle de Fourbier, avec ses « r » roulés, ses inflexions traînantes.

— Bonne Saint-Jean-Baptiste, Mikaël ! lance-t-il en sortant de son bureau pour se rendre à petits pas dans celui de sa secrétaire.

Quelle démarche grotesque ! Un pingouin, hypocrite en plus.

Je ne réponds rien. Je songe même à l'insulter, vengeance puérile, mais je réussis à m'en garder : un nouvel élancement me parcourt le crâne. Agir comme ceux que j'ai réprimandés reviendrait à renier tout ce pour quoi je me suis battu cette année.

J'abandonne donc la seule école où j'aurai jamais enseigné, mon sac de professeur à la main, un bagage bourré de déceptions, d'amertume et de colère qui écrasent un rêve déjà flétri, chiffonné, tout au fond : la lubie d'une fructueuse carrière dans l'enseignement.

16 h 55

Quittant enfin les lieux au volant de ma Golf, je ralentis après seulement quelques mètres. L'allée menant au boulevard est bordée d'ormes et de chênes. J'immobilise mon véhicule sur l'accotement et m'avance sur mon siège. Prenant appui sur le tableau de bord, je lève les yeux pour saluer ces géants. Ils attiraient toujours mon regard quand j'arrivais le matin. Leur majesté offre tellement plus d'attrait que les édifices de brique beige qui composent le petit campus de la polyvalente.

Un vent délicat fait frémir la canopée. Magnifiques, ces feuillages vibrants sur fond bleu. C'est vraiment l'été. Mon premier et dernier été de prof.

Au moment où je redémarre, ma céphalée récidive. J'ai besoin de vacances. Et d'acétaminophène.

Insomnies
25 juin 1993

Il est une heure quinze. Ça recommence. C'est ma deuxième nuit blanche. Je ne trouve plus les somnifères que je conservais pourtant précieusement. Peut-être les ai-je balancés avec les médicaments périmés, trouvés dans les armoires que j'ai vidées au moment de déménager ? Et quelle chaleur il fait ! Vivre en ville et s'imaginer pouvoir dormir les fenêtres ouvertes pendant les festivités de la Saint-Jean-Baptiste, quelle brillante idée !

J'ai laissé mes cartons dans la Volkswagen en rentrant avant-hier. Je suis monté chez moi, le vide est revenu. J'y erre encore. M'y enlise. Seul. Évidemment.

Tout à l'heure, quand j'ai voulu m'extirper du maelström dans lequel je me noie, je me suis assis pour écrire, mais la foutue ampoule de ma foutue lampe a encore grillé. J'ai essayé, déjà, d'écrire dans le noir, mais le fait de ne pas pouvoir relire les mots tout juste griffonnés me paralyse et jugule mes pensées. J'ai besoin de lumière pour jouer mon rôle de témoin. Besoin de lumière aussi pour couvrir le bruit de ces voix : regrets, honte, désespoir.

En imbécile que je suis, j'ai immédiatement voulu la dévisser, cette 60 watts, et je me suis bien sûr brûlé les doigts. J'ai tant bien que mal poursuivi la manœuvre au moyen de ma main gauche, mais l'ampoule s'est bloquée dans la douille. Comme j'ai mis un peu plus d'ardeur à essayer de la décoincer, elle a éclaté sans être tout à fait dévissée… Et au faîte de ma gloire de gaffeur du jour, j'ai bien failli m'électrocuter en me servant des filaments du culot pour la faire tourner. L'index de la main gauche lacéré, j'ai finalement, une heure et deux pansements plus tard, réussi à la remplacer. Je vois de nouveau, jusqu'à la prochaine fois.

J'ai travaillé très fort à rénover cette maison depuis le décès de ma mère. Malgré mes efforts, je n'y trouve plus le réconfort d'antan. Ma vie seul ici pèse soudain si lourd. Et quelle vie ? J'étais certain de pouvoir tout réaliser en enseignant : mon idéal, mes aspirations, mes revanches surtout. Je serais utile là où, dans ma vie passée, j'avais trop perdu. Au lieu de construire quelque chose, je me détruis, petit à petit. Le 23, je croyais me libérer en décidant de cesser d'enseigner, mais je ne sais plus. Je suis si confus… Ma vie, mon foyer : des chantiers abandonnés.

Une douche froide et je me remets au lit.

Infamie
25 juin 1993

9 h 15

Devant la glace du vestibule, clés en main, je ne sais trop si je dois rire ou pleurer en apercevant ma tête. Assez joué les zombies. Le sommeil m'a finalement gagné pendant quelques heures, mais là, je dois sortir. Marcher me remontera.

10 h 10

Café, croissant, journal. Café. Café.

Il y a longtemps que je me suis permis d'éplucher ainsi le journal. Tantôt le cahier « Carrières et professions » m'attire, tantôt il me repousse. Je le dépose un instant, m'assure qu'on ne me voit pas, puis je plonge le nez dans ma tasse de café vide. Des résidus ont séché sur ses parois... J'inspire un bon coup et ferme les yeux. Que j'aime cette odeur !

— Encore un café, monsieur Mikaël ? offre le serveur.

Je suis repéré.

— Oui, s'il vous plaît, Phano. Je vous remercie.

Monsieur Phano, un grand frisé aux gestes habiles et étudiés, incline légèrement le buste, élégant acquiescement. Chemise blanche et nœud papillon noir. Un sympathique « maudit Français » installé au Québec depuis une bonne douzaine d'années. Propriétaire de La crème des cafés, il s'occupe de tout ici : le service aux tables, au comptoir, la cuisine, l'entretien. Il sert les croissants préparés par mon voisin et ami, Tran. Le boulanger vietnamien habite un demi-sous-sol à deux maisons de chez moi. Les croissants au beurre n'ont plus de secret pour lui.

Phano garde bien quelques serveuses à son emploi pour les heures d'affluence, qui ne sont pas rares rue Cartier, mais il les épaule comme s'il était leur égal. Un homme remarquable.

Un autre éclat de rire me tire de ma lecture.

Phano, d'ordinaire cordial mais discret, paraît d'humeur exubérante ce matin. Il semble apprécier la conversation d'un client attablé tout près, un homme chauve et baraqué, la cinquantaine bien entamée. Je ne l'ai encore jamais vu dans ce café.

Prêtant attention à leur discussion, alors que le client désigne du menton le journal ouvert sur sa table, j'arrive à capter, malgré la distance et le joyeux tintamarre de l'achalandage matinal, les mots « ancien », « pas facile », « réussi ». L'homme sort ensuite son portefeuille, laisse quelques dollars sur la table et salue Phano de la main.

— Et un café pour monsieur le professeur, me lance gentiment ce dernier en déposant la tasse. Vous devez connaître le père Dubras, non ?

— Le père Dubras ? Pas du tout. Un religieux ?

— Je ne sais trop s'il est toujours dans les ordres, mais c'est presque un saint, ajoute-t-il en souriant. Il est directeur de l'école que mon fils fréquentera en septembre. Le Collège Saint-Michel.

— Ah bon ! Une école de choix ! Je… Non, rien. Très bon choix !

Je parviens à me retenir de justifier mes félicitations. Il a bien fait de ne pas inscrire son fils à la polyvalente du coin. N'importe quel directeur fera mieux que Fourbier le pingouin.

Me massant les tempes, les coudes sur la table, je me replonge dans les offres d'emploi. Sait-on jamais.

11 h 05

Je me lasse du journal, où je ne trouve aucune bouée, et la migraine refait surface, persistante. Vaincu, je m'arrache au confort de La crème des cafés. Une promenade atténuera la douleur. J'ai à faire chez moi.

Le journal posé sur la table occupée par le père Dubras une heure plus tôt est toujours ouvert à la même page. J'y jette un œil avant de quitter le café : « Grand prix d'excellence de la Faculté de médecine de l'Université Laval. » Les étudiants finalistes sont photographiés au bas de la page : deux femmes et un homme. Ce prix et d'autres récompenses seront décernés aux lauréats à l'occasion d'un gala dont l'article annonce la tenue le dimanche 8 août. L'un d'eux est peut-être un ancien du Collège Saint-Michel ? Si c'est bien le cas, Dubras doit en être très fier.

Sur le trottoir, alors que je coiffe ma casquette et remets mes verres fumés, j'évite une collision de justesse. Un parfum familier me saisit et…

— Pardon, monsieur! souffle Jolianne sans s'arrêter, tout sourire.

Elle s'accroche amoureusement au bras d'un homme que je ne connais pas.

Je reste sans voix, pétrifié.

Difficile de croire qu'elle ne m'a pas reconnu, mais au fond, cela m'arrange. Son ami et elle rigolent en passant leur chemin, direction Grande-Allée. Elle est radieuse, semble comblée. Ses yeux, son sourire… Chère Jolianne. Dire que j'ai rompu avec elle juste après Noël pour me consacrer à ma carrière. Elle ne supportait plus de me voir passer mes soirées et mes fins de semaine à corriger les dizaines de rédactions que j'imposais à mes élèves. S'il y avait un prix d'excellence pour les imbéciles, je serais sans doute finaliste.

Je prends la direction opposée en m'interdisant tout regard en arrière. Il fait si beau.

C'est une bonne chose qu'elle ait trouvé quelqu'un. Elle mérite une vie heureuse. Au moins autant que celle où je nous imaginais tout traverser ensemble.

11 h 15

Le trajet trottoir du café jusque chez moi dure d'ordinaire trente minutes. Après deux minutes sur le gril, j'opte pour le trajet ruelle, la route de l'ombre. Le soleil, qui atteindra sous peu son zénith, accentue mes élancements et me fait grimacer. Comme je crains les effets de cette surdose d'UV, je préfère déserter l'asphalte et le ciment. Même si je dois marcher plus longtemps, j'apprécie la pénombre des ruelles, la fraîcheur sous le vert des ormes et des érables centenaires.

Je ne suis pas le seul à priser cet itinéraire : j'y croise des enfants à vélo, quelques chats en quête d'un mirador pour la sieste, des employés municipaux qui cassent la croûte et discutent tranquillement, assis dans la caisse de leur *pick-up*. La douleur s'estompe progressivement, mais je me sens fatigué.

Je reconnais enfin la palissade de planches délavées et les piles de débris de construction qui la jouxtent : je me trouve derrière chez moi. Je suis en vacances, c'est bien vrai, mais j'ai encore pas mal de boulot à abattre avant que mes premiers locataires n'emménagent.

Je m'arrête un instant pour contempler l'escalier en colimaçon que j'ai récemment fait installer à l'arrière de la maison. Il me permet d'accéder à mon logis, situé à l'étage. Je préfère en retarder l'ascension de quelques minutes étant donné la chaleur qu'il fait. Je vais plutôt m'asseoir à l'avant, dans l'escalier, pour me reposer.

— Salut, Mik ! entends-je aussitôt.

— Tran ! Ça va ?

Mon voisin, le boulanger du Viêt Nam, profite comme moi du couvert ombragé des immenses feuillus de notre quartier. Il se tient accroupi près de l'entrée de son commerce, le seul dans ce segment de la rue. Sa posture me rappelle celle des Thaïlandais photographiés dans le dernier numéro de *Géo*. Des hommes qui règlent leurs paris en attendant le prochain combat de coqs. Il se lève et me rejoint d'un pas souple et lent, les mains dans les poches, cigarette au bec. Tran vit au Québec depuis environ vingt ans.

— Oui, oui. Ça va. Les fourneaux sont propres, les plaques et le batteur sont lavés, tout est prêt pour demain. L'air est bon, ajoute-t-il en toussant.

Difficile de dire quel âge il a : quarante, cinquante ans peut-être ? Les Asiatiques paraissent souvent plus jeunes qu'ils le sont.

Il n'est pas rare que Tran discute avec une cigarette entre les lèvres : il faut le connaître pour le comprendre. Et s'il en vient à la retirer et à la tenir entre ses doigts enfarinés, c'est qu'il a quelque chose de très important à dire.

— Toi, Mik, ça va ?

Il me connaît. Il sait. C'est un ami discret, qui n'exige rien. Son truc à lui, c'est l'empathie. Observer, écouter, comprendre et aider, quand il peut. Tran est un grand homme qui excelle dans les petites choses : pétrir et allonger la pâte, sculpter la cendre et animer le feu.

— Non, ça ne va pas. Je ne dors plus depuis deux nuits. Je vais devoir retourner à la mer d'huile, méditer comme tu me l'as enseigné quand maman est morte.

Il me dévisage sans changer d'expression, puis expire lentement une quantité surprenante de fumée de cigarette.

J'ai rencontré Tran parce que je ne dormais plus. Le décès de ma mère et la violence de mon deuil m'entraînaient vers ma propre fin. Une fatigue extrême me paralysait jour après jour. Je n'arrivais plus à étudier, à fonctionner. Jolianne se sentait dépassée par mon état.

Il était trois heures quarante-cinq cette nuit-là quand je me suis levé. J'avais décidé de sortir pour prendre l'air.

Dehors, la lune n'était presque plus visible tant elle était basse. Il faisait froid. Chez celui que ma mère appelait monsieur Tran, on venait d'allumer. De grands rectangles de lumière pavaient la pelouse et le trottoir devant chez lui. Je me rappelle avoir frissonné devant cette scène singulière. Je me suis approché et, par les fenêtres carrelées, je l'ai vu travailler derrière son comptoir. Je ne le connaissais que très peu, mais j'avais besoin de parler. J'ai cogné et il m'a ouvert.

Même si ma visite l'a surpris, il a aussitôt souri.

— Vous ? Ça va ?

— Non.

J'étais vert, pieds nus. Tran, vêtu de blanc sous un tablier blanc, savait que je venais d'enterrer ma mère. Il a tout de suite compris que j'avais besoin d'aide.

— Assoyez-vous, a-t-il dit en poursuivant ses manœuvres.

J'ai repéré un tabouret près de la porte. Je m'y suis juché et finalement, je n'ai rien dit. Il manipulait la pâte avec vigueur, la tordait, l'allongeait et la repliait. Il la saupoudrait de farine avant de la frapper pour l'aplatir de nouveau. Le comptoir de granit poli qui lui servait de planche à pétrir était enfariné, tout comme ses mains et ses avant-bras. Derrière lui, les voyants lumineux de ses fourneaux indiquaient que le préchauffage était en cours. Tran travaillait dans le silence, soulevant des blizzards de farine qui retombaient et collaient à ses cils. Il maniait de longs rouleaux à pâte avec une dextérité inégalée. Ces cylindres de bois fendaient l'air avec un léger sifflement, puis matraquaient les boules de pâte dans un bruit mat. Tant de vigueur émanant d'un si petit homme, tant de force issue d'un si grand calme : j'étais stupéfait. Assister ainsi à ce rituel de préparation des croissants au beurre, son unique production, sa spécialité, avait quelque chose d'apaisant. J'aurais bien voulu pouvoir malmener ainsi la douleur qui m'affligeait, me l'arracher du cœur et de la tête, la plaquer de toutes mes forces sur ce comptoir avant d'y enfoncer les poings.

Je l'ai souvent retrouvé à la même heure pendant les semaines suivantes. Nous nous sommes finalement tutoyés, et bien qu'il soit plutôt discret, il m'a beaucoup appris. Il ne causait que très peu, et encore plus rarement de sa propre vie, de son passé.

Mais un jour, j'ai voulu en savoir davantage au sujet des rizières – un reportage à la télé m'avait fasciné – et il s'est souvenu de son village natal, au Viêt Nam. Il l'a nommé. C'était la première fois que j'entendais les tonalités de sa langue. Je serais incapable aujourd'hui de répéter ce nom. De fil en aiguille, il m'a confié que ses parents avaient été tués au début de la guerre. Qu'il avait guidé des soldats américains. Qu'il aurait retrouvé l'un d'eux inconscient et l'aurait sauvé de la mort alors qu'une attaque au napalm était imminente, dans une zone que le haut commandement croyait occupée par des Vietcongs embusqués. À ce que j'ai compris, on l'aurait dépêché vers une base militaire, puis vers un camp de réfugiés. Grâce aux recommandations d'un officier, il aurait rapidement émigré en Amérique, et terminé sa traversée au Québec. Il a eu plus de chance que bien des *boat people*, d'après ce que j'ai saisi.

Il avait interrompu son labeur et fixait son reflet dans la fenêtre le séparant de la nuit. Plus un seul mot ne sortait de sa bouche, mais son regard, lui, continuait à visiter quelque recoin de sa mémoire. Il a rompu le silence en abattant son rouleau dans une masse blanche de pâte encore vierge. Je me souviens que mes tracas m'étaient alors apparus bien anodins comparés à ce qu'il avait traversé.

J'ai l'impression de ne rien avoir conservé de ses trucs de méditation, de ses conseils au sujet de l'instant présent, mais je me suis ressaisi. Et graduellement, j'ai repris goût à la vie. Jusqu'à aujourd'hui.

— Tu connais la solution : ton corps doit récupérer si tu veux qu'il arrive à supporter ta grosse tête de professeur !

Tran rigole avec les yeux. Moi, je n'y arrive pas, mais je sais qu'il a raison. Une douce brise pulvérise et emporte la cendre qui s'accumule au bout de son mégot depuis quelques minutes.

— Tu lis *Hagakuré* ? C'est les jours comme aujourd'hui que ce livre te sera le plus utile.

— J'essaierai, promis.

Je m'en suis procuré un exemplaire après le décès de ma mère, suivant son conseil, mais je ne l'ai que survolé. L'ouvrage, de mon point de vue, est plutôt rebutant.

— Tu sais où me trouver, ajoute-t-il sans insister. Tes loucataires arrivent quand ?

— Mes locataires, répété-je en saluant intérieurement la logique de son erreur – ce cher Tran les collectionne ! –, ils emménagent dans une dizaine de jours. Leur appartement est presque prêt. Il ne me reste qu'à y faire un peu de ménage. Le mien par contre demeure un champ de bataille. J'entrerai chez moi par l'arrière dorénavant. C'est plus petit, mais j'y serai à mon aise. De l'avant, rien n'y paraîtra : la vieille maison de mes parents gardera l'apparence d'une résidence unifamiliale.

— C'est vrai, oui, oui. Tu as tout l'été ! Quand recommences-tu à travailler ?

— Si je continue à enseigner, ce sera le 23 août.

Il ne me pose pas la question que je vois passer dans son regard, derrière le filet de fumée qui s'élève en spirales. Je lui confie quand même la réponse.

— Je ne suis pas certain d'être réembauché, tu sais. Je n'ai enseigné que durant une année… Je n'ai pas d'ancienneté, au fond.

Tran m'observe sans bouger, plissant davantage les yeux. Il sait qu'il y a autre chose.

— Bon. OK. J'ai surpris un élève en pleine tricherie pendant les examens de fin d'année. J'ai vidé son coffre à crayons sur son pupitre. J'y ai découvert non seulement des réponses griffonnées sur du papier à rouler, mais aussi une vingtaine de joints de pot. Il m'a arraché sa marchandise des mains et m'a bousculé en se précipitant vers la sortie. Dans le couloir où je l'ai poursuivi, il m'a menacé de mort si jamais je le dénonçais. Mais ça, ce n'est rien. Il faut s'attendre à presque tout quand on travaille avec des adolescents. Non. Le pire, pour achever le tableau, c'est que Fourbier, mon directeur, refuse de porter plainte à la police, et qu'il refuse également de m'appuyer si je contacte moi-même les policiers. Il m'a même sommé d'accorder la note de passage à ce petit voyou. Je ne comprends pas.

— Taaabanak ! laisse échapper mon voisin en même temps que sa cigarette.

Il abat le pied sur son mégot et l'écrase en pivotant avec insistance. Et du même élan, pour finir, le balaie dans la rue d'un habile coup de pied latéral.

— Je suis tellement déçu, Tran. Cette inaction, je la perçois comme un désaveu. Une trahison. Je ne suis peut-être pas fait pour l'enseignement.

Tran semble vouloir protester, mais il laisse le silence porter.

Assis dans l'escalier devant chez moi depuis que Tran est retourné dans son antre, je m'abandonne au spectacle de la rue, comme le fait souvent Ludovic, le petit voisin. L'ombre est si délicieuse, la rue, animée. Entre les maisons d'en face, le vide dessine ses dédales : passages étroits de briques rouges, de buissons épineux, venelles caillouteuses, bifurcations vers nulle part où mon regard se perd, là où je reviens à moi, à qui je suis, à ce que je ferai du temps qui m'est imparti dans cette vie. Même ici, à l'ombre, au calme, la confusion et le désespoir me guettent.

Pour la deuxième fois aujourd'hui, de terribles élancements se fraient soudain un passage d'une tempe à l'autre. Cette torture me convainc de rentrer.

En montant l'escalier arrière, frôlant et saisissant les mains courantes récemment repeintes, j'éprouve une fierté qui me rappelle mon père. Il prenait toujours le temps, véritable rituel, d'examiner et de toucher ses travaux de menuiserie une fois ceux-ci achevés. Je crois deviner que c'était pour lui, bien plus que l'argent, la récompense qu'il préférait.

Cet escalier me plaît. Sa structure métallique en colimaçon, bleue sur le fond bleu du parement de la maison, a quelque chose d'unique. Je l'ai récupéré juste avant la démolition d'une maison détruite par un incendie au début de l'hiver, près de la polyvalente. Jolianne trouvait ses lignes ornementales. Accéder à l'étage par une voie aussi tordue constituera tout un défi la prochaine fois que je devrai faire entrer un sofa ou une commode chez moi. Heureusement que j'ai pensé transporter mon mobilier à l'étage avant de supprimer l'escalier intérieur.

Comme je me sens mieux une fois chez moi, j'entreprends de ranger un peu. Je dois encore repeindre les murs et clouer les plinthes. Elles ont été mesurées et taillées depuis un bon moment. Reste à voir ce que je pourrai faire de ma chambre, trop petite. Le plan d'étage ne me permet pas d'y aménager une garde-robe. Manque d'espace donc, et trop de lumière aussi. L'arbre qui faisait écran au soleil il y a quelques semaines encore vient d'être abattu par la Ville : la maladie hollandaise de l'orme. Le jour se lève sur mon visage et surchauffe la pièce chaque matin… Il me faudrait une toile opaque, des rideaux peut-être, je ne sais pas. Les stores que j'ai dénichés cet hiver ne suffisent plus. Je cuis littéralement dans mon lit dès que le soleil point.

Une fois le désordre disparu, une fois l'inachevé achevé, je pourrai peut-être me sentir de nouveau chez moi.

15 h 35

Maintenant que j'ai dépoussiéré quelques meubles et vidé plusieurs caisses de leur contenu – pour ainsi mettre en circulation un nouveau lot de poussière –, je m'accorde enfin une pause, un bon café, un bouquin : *Hagakuré,* du samouraï légendaire Jocho Yamamoto. Je songe à y replonger bien plus par respect pour Tran que par intérêt. Ou peut-être le dernier Stephen King ? Mon exemplaire de *Dolores Claiborne* est encore tout neuf. Un autre cadeau de Jolianne. Non. Mieux encore : ce drôle de journal dont la couverture illustrée montre un bébé joufflu à la mine réjouie. Sur sa tête, une mèche de cheveux blonds se trouve dressée en spirale comme les extrémités des moustaches que portait mon père. Ma mère a noté dans ce journal des trucs à mon sujet quand j'étais petit. Je l'ai découvert derrière une rangée de vieux livres quand j'ai libéré le rez-de-chaussée, il y a quelques semaines. Je l'ai alors à peine feuilleté. Dans quelle caisse l'ai-je placé ?

Maman, si elle vivait toujours, aurait été de bon conseil quant à mes différends avec mon directeur.

15 h 45

Même après avoir examiné le contenu des cartons de livres et de souvenirs à ma portée, je ne le trouve nulle part. Mes fouilles frénétiques me permettent tout de même de remettre la main sur la vieille radio de mon père, tombée sur le côté. L'espace d'un instant, je crains qu'elle ne fonctionne plus, mais le grésillement audible à sa mise en marche me rassure. En poussant du doigt la grosse roulette qui sert à changer de chaîne, je tente de dénicher l'atmosphère musicale qui convient en cette fin d'après-midi d'été. Je tombe sur une entrevue avec le directeur général de l'aéroport de Québec rebaptisé, il y a deux jours, l'aéroport international Jean-Lesage, en l'honneur du dix-neuvième premier ministre du Québec.

Comme mon intérêt pour cette entrevue vacille, je reviens machinalement au code de conduite de Yamamoto, tentant de saisir ce que Tran y trouve de si enrichissant. Les aphorismes qui le composent sont tantôt flous : « Maintenant c'est l'heure et l'heure c'est maintenant », tantôt simplistes : « Lorsque l'eau monte, le bateau fait de même », tantôt carrément morbides : « Dans le temps, il arrivait que la tête "volât". On dit alors qu'il valait mieux laisser un morceau de chair qui empêcherait la tête d'être projetée sur les officiels. À présent, la coutume est

36

de couper totalement la tête. » Si j'étudiais les arts martiaux ou si j'avais à manier l'épée, je pigerais sans doute, mais là, je ne vois vraiment pas.

Excédé par les échecs répétés de mes tentatives de décrypter un second niveau à toutes ces références guerrières, le début d'une entrevue à la radio retient mon attention et me convainc de poser l'ouvrage. Les mots « père » et « Dubras » m'interpellent. L'animatrice de l'émission de fin d'après-midi à Radio-Canada reçoit des invités qui connaissent le directeur du Collège Saint-Michel.

« Je dois beaucoup au père Alexandre Dubras, et plus particulièrement au meilleur professeur que j'ai eu au secondaire, Henri David. Adolescent, j'étais un vrai *bum*, un aspirant délinquant. Monsieur David m'a secoué, m'est vraiment rentré dedans. Dès cet instant, j'ai commencé à changer. Si je suis ici aujourd'hui, finaliste pour ce prix de la Faculté de médecine, sur le point de réaliser mon plus grand rêve, j'estime que c'est surtout grâce à lui. »

Il s'agit certainement de l'un des étudiants en médecine que j'ai vus dans le journal de ce matin. Mon hypothèse au sujet de la fierté apparente du père Dubras se confirme. Et qui est ce prof, Henri David, qui a su marquer ce garçon au point de le pousser vers une carrière en médecine quelques années plus tard ? Pour être honnête, je l'envie.

Je n'écoute déjà plus l'entrevue que crachotent les enceintes acoustiques poussiéreuses. Je fixe le sol, perdu dans mes pensées, quand la sonnerie du téléphone me fait sursauter. Je m'empresse de décrocher : cette sonnerie m'a toujours agressé.

— Mikaël ?

C'est Fourbier. J'inspire profondément. Bien malgré moi, je serre le poing.

— Oui.

— Ça va bien ? demande-t-il de la voix faussement empathique qui le caractérise. Tu ne t'es pas présenté à l'école aujourd'hui ?

— Non. Et non. Je suis malade. Je n'y serai pas non plus lundi et mardi prochains. Prenez ça dans ma banque de congés de maladie. Je n'y ai pas touché de toute l'année.

— Il faudrait quand même que tu prennes un instant pour venir terminer la saisie des résultats de tes élèves dans le système informatique. Nous devons préparer les bulletins ici, pendant que vous, les profs, vous préparez vos vacances !

Il ricane. Fait chier.

— C'est fait depuis le 23. Je me suis acquitté de toutes mes tâches la veille de la Saint-Jean-Baptiste.

— Non, non, non ! Le résultat de Francis Dumont n'est pas conforme à ce dont nous avons discuté !

Ça y est, il remet ça. Pourquoi est-ce que je me retiens de l'envoyer promener ? Je soupire bruyamment, expire toute ma retenue.

— Là, vous exagérez. Je vous ai déjà tout expliqué : la tricherie, la drogue, les menaces. Et vous, vous voulez que je lui accorde la note de passage ? Que je mente ?

— Mais Mikaël... ce résultat, ce n'est pas du tout ce dont nous avons discuté, répète-t-il en affermissant le ton.

J'éclate.

— NON ! PAS QUESTION !

Il me cherche ? Il va me trouver. À l'autre bout du fil, plus rien.

— AVEZ-VOUS COMPRIS ? VOUS VOULEZ QUE JE SOIS INJUSTE ? QUE JE TRICHE MOI AUSSI ? J'AI PEUT-ÊTRE PEU D'EXPÉRIENCE, JE SUIS PEUT-ÊTRE MALADROIT, MAIS JE NE SUIS PAS UN TRICHEUR, MONSIEUR FOURBIER ! VOUS...

Un déclic, puis une tonalité continue m'indiquent qu'il a raccroché. Je sens mon cœur battre jusqu'au bout de mes doigts crispés. Je raccroche si violemment qu'un morceau de plastique noir de la base du téléphone, cassé net, est projeté dans la fenêtre. Il ricoche, effleure une table et soulève un peu de poussière avant d'aller choir entre la corbeille à papier et une pile de caisses de carton blanc, que je n'ai toujours pas eu le temps de vider. J'éternue, réfléchis, éternue de nouveau. Non, ça ne se passera pas comme ça, cette fois il va m'écouter.

Je compose le numéro de l'école. La secrétaire de Fourbier monte la garde.

— Monsieur Fourbier est parti. Désirez-vous laisser un message ?

Je raccroche sans lui répondre. Je fulmine.

— CRISSE ! échappé-je en me levant.

Nouvel éternuement.

Mais pour qui se prend-il pour passer outre mon jugement ?

Un quatrième éternuement achève de me convaincre de trouver un Kleenex, que je ne dénicherai qu'après le cinquième. Et cet inextirpable mal de crâne qui récidive...

Coup de sagesse
26 juin 1993

9 h 25

— Vous avez la mine bien grise ce matin, monsieur le professeur, lance Phano en déposant un allongé fumant devant mon journal.

Le regard perdu, le dos voûté, je le remercie d'un sourire poli. Il n'insiste pas. La clientèle afflue. Normal, en un si beau samedi d'été.

Je n'ai toujours pas dormi. Je commence à me demander si je n'ai pas dépassé la dose maximale permise d'acétaminophène.

Peut-être Fourbier veut-il me forcer à quitter la profession après tout. A-t-il compris que je songe à abandonner avant d'entreprendre ma deuxième année ?

10 h 05

Comme j'arrive au cahier « Arts et spectacles » après avoir épluché le cahier « Carrières et professions », un rire me tire de ma lecture. Malgré le brou-haha ambiant, je reconnais cette voix… C'est le père Dubras ! Phano tente de lui trouver une place, mais il se gratte le crâne, puis hausse les épaules. Son café est bondé.

— Phano, ici !

Je leur fais signe. Dubras semble surpris. Tout en approchant, plateau à la main, Phano me remercie d'un clin d'œil. Je me lève.

— Mikaël Langevin, dis-je. Si ça vous chante, je vous invite à ma table. Je vais bientôt rentrer de toute façon.

— Alexandre Dubras. Je vous remercie, Mikaël. J'accepte. Mais je ne chante pas, ajoute-t-il, pince-sans-rire.

Nous nous serrons la main. Il a toute une poigne, le directeur.

— Vous allez pouvoir discuter éducation, mes-sieurs. Mikaël est professeur de français.

L'homme s'assied. La chaise de bois verni craque sous son poids. Il me lance un regard interrogateur, sou-tenu par un index qu'il braque dans ma direction.

— Vous êtes presque en vacances alors ?

Il sourit, sympathique.

Nous discutons pendant une bonne trentaine de minutes. Tous les sujets y passent : météo, vacances, éducation et politique. Le Canada a maintenant à sa tête sa première femme première ministre, ce qui laisse le coloré personnage perplexe. Il a quitté les ordres depuis une vingtaine d'années. Même s'il a défroqué, les gens continuent de l'appeler « mon père ». Et il rit à tout propos. Il me rappelle un collègue de papa. Un policier tellement amical et jovial qu'on en oubliait son rôle d'agent de la paix. Un chauve à la carrure imposante et à l'humeur enjouée : le grand Maurice.

Soudain, dans le feu de la discussion, Dubras me lance LA question.

— Et en septembre, tu retournes à la polyvalente ?

J'ai réussi à éviter le sujet depuis le début, mais là, je suis coincé. Je pourrais lui mentir en lui répondant n'importe quoi, mais l'homme me semble digne de confiance.

Au fil de notre échange, il a fini par me tutoyer. Phano me sert un autre allongé. Hypnotisé par la surface noire du café, cerclé d'une mousse brunâtre qui colle aux parois de la tasse, je lui réponds franchement, pesant chaque mot :

— Je ne sais pas. Je ne sais plus. Je n'ai pas le goût de retourner enseigner. La simple vue de la polyvalente me donne la nausée. Je pense que je me suis trompé au sujet de l'enseignement, à mon sujet aussi. Mes collègues ont l'air de trouver tout ce qui m'indigne tellement banal que je me demande si je suis à ma place.

Je raconte au père Dubras mes débuts, mon acharnement à bien faire mon travail, mes difficultés, mes mauvais choix, ma rupture amoureuse, ma pénible fin d'année scolaire, la tricherie, les menaces. Rien ne manque. Dubras m'observe, ne dit rien. Il sait vraiment écouter. Son expérience des confessions, sans doute. Quand je nomme Fourbier, il sourcille, puis baisse les yeux. Sa tête hoche un « non » à peine perceptible.

À la fin, je suis vidé. Je sursaute presque en l'entendant reprendre la parole. Mon café a tiédi. J'en avale tout de même une lampée.

— Eh bien, je te trouve très lucide pour un si jeune homme! Je comprends ton questionnement et tes réactions. Les erreurs de débutant qui semblent tant te coûter ne seront pas éternelles. C'est en enseignant qu'on apprend à enseigner. En revanche, personne ne t'oblige à garder le cap si tu n'es pas heureux en tant que prof. Tu me rappelles un collègue que j'ai eu quand j'enseignais les mathématiques. Tu vois, à l'époque, c'est moi qui donnais des problèmes aux autres! Et j'exigeais qu'ils trouvent les solutions!

Se redressant soudain, il éclate d'un rire sincère, ce qui allège l'atmosphère et fait de nouveau craquer sa chaise. L'entrevue captée à la radio me revient à l'esprit.

— Mon père, ce ne serait pas Henri David, ce collègue?

Dubras redevient vite sérieux.

— Amen, mon fils, répond-il en pouffant derechef.

Je reste perplexe devant ses réactions contradictoires. Voyant que je ne ris pas, il toussote et redevient sérieux. Il s'accoude à la table et approche son visage du mien.

— Oui, c'est bien Henri David. Il n'enseigne plus. Mais quel bon prof il était. Et je ne parle pas de sa première année, jeune homme, précise-t-il sur un ton moqueur.

— Retraité?

— Non. Henri a tout abandonné en mi-carrière. C'était un excellent professeur de français, un véritable maître. Il en a eu assez et s'est tourné vers la traduction. Du jour au lendemain! Une grosse perte pour ses élèves. Et pour ses collègues aussi!

Je réfléchis. La salle à manger de La crème des cafés retrouve d'instant en instant son calme habituel.

Plusieurs clients règlent leur addition et partent. Malgré ce retour à la quiétude, le moindre fracas de tasses, de soucoupes ou d'ustensiles me troue les tympans. Je sens les élancements m'assaillir de nouveau. Si cet enseignant était aussi exceptionnel, pourquoi a-t-il tout laissé tomber ?

— Accepteriez-vous de me donner ses coordonnées ? Croyez-vous qu'il consentirait à me… J'aurais des questions… des conseils….

— Je te déconseille vivement de t'adresser à Henri David pour quelque raison que ce soit. Disons qu'il était très… comment dire ? Intransigeant. Pas très porté sur l'altruisme et la discussion, si tu vois ce que je veux dire. Henri David est un ermite dans l'âme, un brin misanthrope. Ce qu'il a toujours lui-même admis. Dans l'état où tu te trouves, j'ai l'impression qu'il pourrait davantage te blesser que t'aider.

Dubras saisit sa tasse de café de sa grosse main, l'agite en faisant tournoyer son contenu, et la vide d'un coup. Mon allongé est froid. Il jette un rapide coup d'œil à sa montre. Je ne veux pas l'importuner.

— Je ne te connais pas beaucoup, Mikaël, mais tu me sembles… déboussolé. La question à laquelle tu devrais t'empresser de répondre, ce n'est pas si tu dois continuer à enseigner ou pas. Tu pourrais très certainement tirer profit de tes erreurs, ajoute-t-il en aparté. Demande-toi plutôt pourquoi tu résistes tant. Tu sembles avoir toutes les raisons du monde pour changer de carrière. Quant à Henri David, je suis convaincu qu'il ne ferait que te créer de nouveaux maux de tête.

Je sourcille. Je ne crois pourtant pas m'en être plaint de toute notre discussion.

— Comment savez-vous pour mes maux de tête ?

— Tu as le teint vert et tu te masses continuellement les tempes. Tu devrais voir un médecin, si tu veux mon avis.

Il recule soudain après avoir jeté un autre coup d'œil à sa montre. Sa chaise émet encore tout un couplet de craquements.

— Merci de m'avoir invité à ta table, Mikaël. Je suis bien content de t'avoir rencontré. Passe me voir au collège si tu te cherches une place. On ne sait jamais !

Il se lève et je fais de même. Nous nous serrons la main.

— Prends soin de toi, jeune homme.

— Bonne journée, père Dubras. Et merci !

Pourquoi dis-je « père » ? Il m'a pourtant dit qu'il ne l'était plus. En le voyant saluer Phano avant de partir, je me demande bien pourquoi il a laissé tomber lui aussi. Je parle de son sacerdoce. Ce qui est étrange dans son cas, c'est qu'il semble toujours jouer le rôle auquel les ordres le destinaient, même s'il a défroqué.

11 h 20

Après avoir payé et salué Phano d'un signe de tête, je me dirige vers la sortie : de larges portes-fenêtres ouvertes sur la terrasse qui, elle-même, donne sur la rue maintenant inondée de soleil. Une vieille dame, qui vient elle aussi de régler son addition, se lève en même temps que moi. Se saisissant de sa canne déposée au sol, elle fait trébucher un homme qui s'étale sur la terrasse. S'ensuit une enfilade de tables renversées, de vaisselle brisée, d'exclamations outrées et de serviettes de table qui volent au

45

vent. Cette réaction en chaîne prend soudain des airs de ressac. Ce jeu de dominos se transforme en boomerang et évolue vers l'intérieur du café. Je ne sais trop comment, mais la serveuse de Phano, à son tour bousculée, plonge littéralement vers l'énorme portemanteau de fer forgé posé à l'entrée du café. Elle semble vouloir s'y retenir, mais sa manœuvre échoue. Au lieu de l'agripper, elle le pousse vers l'intérieur. Le mât de fer noir, tel un arbre qu'on vient d'abattre, tombe lentement vers une table où déjeunent un homme, une femme et leur bébé. Ils tournent tous les trois le dos au mastodonte qui va, à coup sûr, les blesser. Demeuré en mouvement depuis le déclenchement de cette monumentale bousculade, je fais deux pas chassés vers la droite, un troisième vers l'avant. Je tends les bras, m'élance et, d'une main, arrive à retenir le portemanteau, à modifier sa trajectoire et à l'arrêter net en me le prenant... sur la tête.

11 h 30

J'ouvre difficilement les yeux. Je les referme. Jolianne ? Ce décolleté, ce chemisier blanc, ces...

— Il revient à lui, monsieur Phano ! lance une voix réjouie.

La serveuse se tient debout devant moi. On m'a transporté sur une chaise. Elle maintient un sac de glace sur le haut de mon front et me sourit tendrement. Les gazouillis du bébé attirent mon attention sur ma droite où des gens, debout, me sourient. Si le paradis existe, j'aimerais bien y être accueilli de cette manière : des visages bienveillants, un invitant décolleté, une femme qui prend soin de moi... Ciel, oui !

— Ça va, mon vieux ? Comment vous sentez-vous ?

— Vous nous avez évité le pire, dit une jeune femme que je n'avais pas remarquée.

Elle tient le bébé dans ses bras et sautille légèrement. L'enfant a les joues rouges et tente de lui agripper le nez en ricanant.

— De tout cœur, merci ! ajoute le père.

Phano parvient finalement à se frayer un chemin à travers les curieux massés autour de moi. Il tient un balai d'une main et un porte-poussière de l'autre.

— Il s'en est fallu de peu ! On a failli avoir un drame sur les bras, Mikaël. Tu es le héros du jour !

La serveuse, dont le décolleté hypnotique me rappelle tant Jolianne, essuie l'eau qui dégouline sur mes tempes et le long de mes joues. La douleur se diffuse par ondes répétées toutes les trois ou quatre secondes. Héros du jour ? Je ne sais pas.

12 h 10

En arrivant chez moi, je souffre déjà moins. J'ai beaucoup réfléchi au sens de ce qui vient de m'arriver en suivant la route de l'ombre. J'ai refusé que Phano appelle les ambulanciers. Il a insisté pour venir me reconduire à la maison, mais je tenais à marcher. Je me sens mieux. Les comprimés d'aspirine qu'il m'a presque forcé à avaler ont dû faire leur effet.

En entrant dans ma cour arrière, je contemple mon bel escalier et j'éprouve soudain une grande fierté : j'ai accompli quelque chose de bien ici. J'emprunte l'étroit passage caillouteux qui sépare ma maison de celle du voisin pour aller m'asseoir dans les marches à l'avant et souffler un peu.

Comme je m'en doutais, Tran s'y trouve aussi. Il savoure une cigarette, accroupi dans l'ombre du grand orme qui trône devant son commerce. Il se lève. Je le rejoins.

— Taaabanak, Mik! Mais qu'est-ce que t'as encore au front?

Je dois avoir toute une bosse, car ses yeux semblent vouloir quitter leur orbite. Et ce « encore »… Il a raison. C'est la deuxième fois en deux semaines que je me cogne sérieusement la tête. Au début de juin, en démontant un échafaudage, j'ai fait glisser un madrier de mon installation. Comme il menaçait d'aller s'enfoncer dans le pare-brise de ma Golf, en un éclair, je me suis jeté devant et l'ai stoppé avec mon… occiput. Je dois encore avoir des sacs de glace prêts à l'usage dans le congélo.

— J'ai été frappé par la sagesse, mon ami.

Je lui raconte ma mésaventure. Tran m'écoute avec tout ce qu'il est: son front plissé, ses sourcils enfarinés et ses frêles épaules qui se soulèvent frénétiquement. Il produit à lui seul un fabuleux spectacle de pantomime.

— J'ai compris quelque chose ce matin, Tran. J'avais tort. Tort de juger Fourbier, tort de m'acharner. Tort de résister. Je quitte l'enseignement.

— Pourquoi? Tu es un brillant professeur! Tu as enseigné aux enfants d'un client qui m'a dit, l'autre jour…

— Tran, c'est gentil, mais je vois un signe dans ce qui vient de m'arriver. Ou plutôt un avertissement. J'ai voulu rendre service et j'ai failli être tué par ce portemanteau. À l'école, je voulais sans doute trop en faire, d'où toutes ces maladresses qui m'ont amené à me ridiculiser. Je ne vais pas me rendre malade à cause de Fourbier, ni attendre qu'il m'humilie, puis me congédie. Ce qu'il est m'écœure, ce qu'il fait aussi, alors j'abandonne. Je survivrai, t'en fais pas ! Mes parents m'ont légué tout ce qu'il faut : cette maison, une petite rente, et j'ai aussi hérité du talent de bricoleur de mon père ! Je pourrais, comme lui, acheter des maisons, les rénover, puis les revendre. C'est comme ça qu'il s'amusait, en marge de son travail de policier. Je pourrais suivre son exemple en attendant de trouver autre chose.

Tran m'observe, immobile. Il semble désapprouver. Je ne m'en fais pas. Je ne m'en fais plus.

— Mais tu as sauvé le bébé, Mik !

Il veut ajouter quelque chose, mais il se contente de souffler une autre bouffée de fumée, sans l'habituelle contemplation.

— Dis donc, j'aimerais t'acheter quelques croissants. Il en reste de ta fournée d'aujourd'hui ? lui demandé-je pour changer de sujet. Je vais remettre de l'ordre dans ma petite cuisine, regarnir mon frigo et me refaire un garde-manger… Demain, je…

Je n'ai pas fini de parler que Tran est déjà en marche vers son logis-boulangerie. Il en ressort un instant plus tard avec un sac papier déjà imbibé du gras de ses délectables croissants au beurre. Je glisse la main dans ma poche pour y piger de quoi le payer.

— C'est ma tournée ! Quand l'appétit va, vous va !

— On dit « tout va », le reprends-je.

— Tu vois, t'es un excellent professeur de français ! Tu ne dois pas abandonner ! ajoute-t-il en souriant des yeux.

La bosse de l'enseignement
28 juin 1993

4 h 10

Un épouvantable fracas de verre résonne soudain, suivi d'un son sourd. Au loin, des pneus crissent et un moteur en pleine accélération rugit de longues secondes durant. Je dormais si paisiblement pour une fois.

Je me précipite à la fenêtre pour voir ce qui se passe dans la rue, mais il n'y a rien. Pourtant, en plus de ces bruits, je me rappelle bien de cette impression que quelque chose avait heurté la maison.

4 h 15

Je ressens le besoin de sortir, d'aller voir. Quelle désagréable sensation que celle de l'herbe froide et humide qui m'anesthésie les orteils et me chatouille les chevilles. Il faudrait bien que je tonde cette pelouse…

Devant, l'asphalte reluit sous les réverbères. Il fait toujours nuit, mais le jour n'est pas loin. En me retournant vers la maison, je découvre ce qui m'a si brutalement tiré du sommeil : au rez-de-chaussée, la grande baie du salon est fracassée. Un accident ? Un vandale ? Mais qui a bien pu... ?

Je procède à un bref examen de la façade, mais ne vois aucun autre dommage apparent. Il s'est passé quoi ici ? Je suis abasourdi.

Je remonte enfiler un t-shirt, me chausser et prendre les clés de l'appartement. De retour à l'extérieur, je constate qu'il y a de la lumière chez Tran : il doit déjà être au boulot. Je me dirige vers la porte du rez-de-chaussée avec fébrilité : j'espère qu'il n'y a pas trop de dégâts.

À l'intérieur, une brique rouge gît sur le plancher. Une brique semblable à celles que j'ai empilées à l'arrière hier, en préparant les rebuts pour la collecte des monstres qui doit avoir lieu aujourd'hui. Quelqu'un aurait fait le tour de la maison, y aurait piqué une brique et serait revenu à l'avant pour la lancer dans la baie ? J'ai de la difficulté à y croire.

— Ça va ? dit une voix qui me pétrifie tellement elle me surprend.

— Tran ! Ffffff ! Tu m'as fait peur. Regarde : quelqu'un a lancé cette brique à travers la fenêtre... As-tu vu ou entendu quelque chose ?

— Oui, justement. Il me semble que j'ai entendu passer une automobile. Des sifflements, des rires, des crisses de pneus... Des jeunes, sûrement !

« Des crisses de pneus » ! Je note son espièglerie, que je sais bien involontaire, mais la surprise et la colère ont une telle emprise sur moi que je n'y réagis pas.

— Des jeunes en pleine virée qui s'amusent à vandaliser, par hasard, MA propriété ?

Les hypothèses que j'échafaude se bousculent. Tran a les mains et les bras couverts de farine. Il porte un filet sur la tête.

— J'ai refusé de faire passer ce voyou… L'aurait-il appris de la bouche de Fourbier ? Serait-ce…

— Il prendrait un bon coup de pied au cul, celui-là, si je le croisais, lance Tran, fâché lui aussi. Je t'aiderai à remplacer la fenêtre si tu veux. Je termine habituellement mon train-train vers une heure. Un coup de main pour nettoyer tout ça ?

— Non, merci. Retourne à tes fourneaux. Je vais y arriver tout seul. Et dire qu'hier, j'avais terminé tous les travaux d'aménagement !

Planté là, je reste à méditer au milieu des débris. Cet appartement accueillera ses premiers locataires dans quelques jours. Je sens un élancement naître à mes tempes. Je bouillonne de colère, me perds en conjectures. Ce ne peut être Francis Dumont… Il ne savait pas… Il aurait trouvé mon adresse dans le bottin ? Fourbier l'aurait-il contacté pendant la fin de semaine pour lui dire que je refusais de… ? Non, impossible. Et pourtant, j'ai de la difficulté à croire que cet incident puisse être le fruit du hasard. Au fond, ce ne peut être que lui.

4 h 35

Je balaie les éclats de verre et les jette avec précaution à la poubelle. Je ne veux pas alerter le voisinage à cette heure. Quant à la brique, je la garde. Pièce à conviction. Heureusement, le plancher du salon est couvert d'une épaisse moquette qui, après un bon coup d'aspirateur, ne laissera plus rien paraître. Un parquet de bois comme celui des chambres aurait sans doute été gravement abîmé.

Comme je grimpe l'escalier arrière pour retourner me coucher, le jour point. Les silhouettes sombres que dessinent les maisons voisines se découpent sur un fond bleu très clair. Et à l'ouest, quelques étoiles pâlissent. Le ciel est magnifique, mais je n'ai pas la disponibilité d'esprit nécessaire pour l'apprécier pleinement.

Je dépose la brique sur la table en prenant garde d'en égratigner le fini déjà déverni. Je lorgne du côté de ma cafetière à piston, mais je change d'idée. Je trouve plutôt un filtre de papier et sors le pot de café. Les bruits de percolation et l'odeur du café qui se répand me font quitter, goutte à goutte, l'agitation des dernière minutes. J'ai de nouveau un espace accueillant qui ressemble à une cuisine. Je m'assois.

Je commence à peine à me sentir mieux que, déjà, mon passé récent me rattrape. Fourbier, tu ne t'en tireras pas ainsi! Je vais te rendre ta brique, monsieur le directeur.

9 h 10

À mon arrivée dans le stationnement de la polyvalente, presque tous mes collègues sont déjà sur les lieux. Comme les réunions prévues ce matin se tiennent dans une aile éloignée du bâtiment principal, je me dirige vers la salle des ordinateurs, sûrement déserte.

J'y pénètre sans être repéré. Après avoir envisagé d'allumer les néons, je me ravise : je passerai plus inaperçu dans la pénombre. En principe, tous les résultats ont été saisis la semaine dernière, alors plus personne ne devrait avoir besoin de ces tristes boîtes beiges aux claviers encrassés. Je m'assois à un poste de travail disposé le long du mur de manière à demeurer invisible de l'extérieur. Une fois l'interminable démarrage achevé, j'entre mon code d'utilisateur et mon mot de passe pour ensuite sélectionner le bon groupe d'élèves. Je place le doigt sur l'écran, descends à la lettre D, pour Dumont, suis l'alignement de chiffres vers la droite, jusqu'à la dernière colonne et... NON!

Je frappe la table d'un coup de poing qui fait rebondir le clavier : j'avais saisi 51 %. Je lis maintenant 71 % ! On a trafiqué sa note. La luminosité des caractères ambre sur fond noir me paraît varier d'intensité. Je me frotte les yeux et touche l'écran de l'index, en recommençant à zéro pour repérer la bonne colonne de chiffres... Inutile, j'avais vu juste. Les élancements, d'une tempe à l'autre, reprennent de plus belle.

Avant d'éteindre et d'effacer toute trace de mon passage, je me dis qu'une preuve tangible pourrait être utile si je n'en reste pas là. Je lance donc une commande d'impression pour obtenir un exemplaire papier des résultats de tous mes élèves. La grosse imprimante à matrice entame sa bruyante ritournelle. Même si le bruit se répand sans doute au-delà de la porte close de la salle, je ne m'en inquiète plus.

Après avoir soigneusement détaché les lisières de papier perforé en pressant sur les pointillés, je plie les quatre pages obtenues et les fourre dans la poche arrière de mon pantalon.

La secrétaire sursaute en me voyant faire irruption dans son bureau, sorte d'antichambre de celui de Fourbier. Elle arrose un coléus posé au coin de sa table, près de laquelle une demi-douzaine de sacs de tissus gisent, entassés sur le sol. Des poches de courrier.

— Monsieur Fourbier est en réunion... Vous devriez y être, vous aussi.

— Quelqu'un a changé le résultat de Francis Dumont et je ne l'accepte pas! Je demande une correction de note! Il faut revenir à la saisie initiale.

— L'impression des bulletins et leur préparation pour l'envoi postal sont terminées, monsieur Langevin. J'y ai travaillé toute la fin de semaine. Tout sera déposé à la poste d'ici quelques minutes. Il est trop tard pour modifier un bulletin, vous savez.

— Vous ne comprenez pas... Quelqu'un a trafiqué son résultat. Je ne veux que rétablir la vérité. S'il vous plaît, il faut...

— Ah! Mikaël! lance Fourbier de son habituelle voix traînante. Je ne croyais pas te revoir aujourd'hui! Tu te sens mieux? Je t'en prie, suis-moi, nous allons discuter. La réunion a été reportée d'une trentaine de minutes.

Ce ton infantilisant... Je fulmine, mais obtempère.

À peine est-il assis que je laisse tomber sur son bureau la brique tirée de mon sac. Il sursaute et recule.

— Après la possession de drogue et les menaces de mort, Francis Dumont donne maintenant dans le vandalisme, monsieur. Cette brique a servi à fracasser une grande fenêtre chez moi. Et vous, vous bafouez mon jugement professionnel et vous accordez 71 % à ce voyou? Mais pour qui vous prenez-vous?

Fourbier a commencé à changer de couleur quand j'ai jeté la brique sur son bureau. Le col de sa chemise semble rétrécir. Son visage se métamorphose. Un sourire malin s'y dessine, rictus que je juge quasi démoniaque maintenant que je sais ce qu'il dissimule.

— Tu veux te plaindre? Adresse-toi à ta déléguée syndicale et dépose un grief contre moi! Vas-y!

— Oui, oui, je suis sûr que votre épouse prendrait ma requête au sérieux, monsieur le directeur. Non. C'est à la commission scolaire que je vais porter plainte, et à la police aussi.

— À la police ?

Il éclate d'un rire que je ne lui connais pas. Un rire qu'il interrompt brusquement pour taper son bureau des deux mains en avançant le visage comme s'il voulait me mordre, assis sur le bout de son siège. Ses yeux semblent prêts à me fusiller et une petite veine saillante palpite à sa tempe. Je ne l'ai jamais vu ainsi. Alors que je m'attends à ce qu'il hurle, il baisse plutôt le ton et ajoute, féroce, son regard braqué dans le mien :

— J'aimerais bien que tu m'envoies la police : je dois dénoncer un jeune professeur de français qui vend de la drogue à ses propres élèves. Je l'ai surpris en pleine transaction. Et je connais quelques jeunes qui ne demandent qu'à témoigner contre lui. Il paraît qu'il menace d'échec les élèves qui n'arrivent pas à lui payer leur consommation.

Le voir et l'entendre échafauder cette grotesque machination me cloue sur place. Je regarde la brique, son visage, le sourire qui s'y réinstalle en même temps qu'il se cale dans son fauteuil pour me narguer, attendant une réplique de ma part. Je parviens tout de même à récupérer ma pièce à conviction, décontenancé. La peur me comprime la poitrine. Et s'il ne bluffait pas ? S'il…

— Tu n'es pas fait pour cette profession, Mikaël. Je regrette de t'annoncer qu'il n'y aura pas de place ici pour toi en septembre. Et je m'assurerai qu'il n'y ait de place pour toi nulle part dans cette commission scolaire. Tu n'as pas l'étoffe d'un véritable enseignant. Tu peux faire tes cartons et vider ton bureau.

— C'est déjà fait.

Je fouille au fond de ma poche et en ressors le petit trousseau de clés de la polyvalente, que je jette devant lui.

Fourbier me dégoûte. Ce n'est plus la peine d'ajouter quoi que ce soit. C'est la première fois de toute ma vie que j'éprouve autant de mépris pour quelqu'un.

9 h 35

En retournant à ma Golf, je me surprends de me sentir encore plus accablé : finie l'indécision pourtant. Moi qui me demandais si je devais persévérer dans cette carrière, me voilà effrayé, voire terrorisé devant l'impossibilité de continuer.

Je m'assois dans ma voiture et me frappe la tête sur le volant. Je grimace aussitôt et me frotte vigoureusement l'occiput, redécouvrant l'extraordinaire bosse de la veille. Cette soudaine éruption de douleur me réanime. Elle masque même celle que provoquent mes céphalées.

Mes pensées sont en ébullition. Étonnamment, elles se précipitent toutes dans le même sens. Et même si je me surprends de la direction qu'elles empruntent, je ne peux m'empêcher de conclure que Fourbier vient de me rendre un grand service : sans le savoir, il vient de m'offrir une raison de continuer. Je lui donnerai tort. Par envie de vengeance ? Peut-être. Mais je lui montrerai qui je suis vraiment.

Je tourne la clé dans le contact et, déjà, je retrouve mes esprits. Un coup d'œil dans le rétroviseur achève de me convaincre : j'ai vraiment la bosse de l'enseignement. Il me faut de la glace, et de bons conseils.

Je dois retrouver Henri David.

Mikaël agrafe les pages du 28 juin à la suite des autres, intitule ces feuillets La bosse de l'enseignement, puis dispose du reste du cahier Canada en le plaçant sur la pile qui grossit à sa droite. Levant la tête, il saisit le bord de l'abat-jour de vitrail, le tire un peu vers lui et fixe l'ampoule en plissant les yeux. Avec des gestes prudents, il le secoue à deux reprises. L'éclairage ne vacille pas. Rassuré, il récupère le tournevis et la boîte d'ampoules et va les ranger dans l'armoire sous l'évier.

De retour à sa place, il feuillette les pages des jours suivants, qu'il écarte vite. Il y est question de journées de repos, d'allers-retours de la cave au grenier, d'une sortie au cinéma pour voir Le parc Jurassique. De travaux de peinture aussi. D'un appel téléphonique au père Dubras, puis d'un autre à Henri David, qui, semble-t-il, n'a guère apprécié. De nettoyage, de rangement, de discussions anodines avec Tran, de courses à la quincaillerie et à l'épicerie.

Il ralentit sa cadence de survol quand il arrive au cahier daté du 5 juillet, qui ne relate que les événements de ce jour-là. En fouillant la pile posée à sa gauche, il paraît soudain étonné : cinq cahiers pour juillet seulement. Il avale une grande gorgée de café et reprend sa lecture.

Le lapin
5 juillet 1993

9 h 50

C'est la première fois que j'emprunte cette route seul. « Très bonne idée, la laurendonnée dans les Laurentides ! » s'est d'ailleurs exclamé Tran quand je lui ai confié où je me rendais. Il doit me trouver bien étrange, ces temps-ci. Mais fidèle à lui-même, il ne le laisse pas voir.

Je ne sais pas si c'est la forêt, le temps splendide ou le simple fait de quitter la ville, mais je me sens revivre. Avoir réussi à remettre un peu d'ordre chez moi y est sans doute pour beaucoup. J'ai l'impression que plusieurs semaines se sont écoulées depuis lundi dernier, jour où j'ai décidé de retrouver Henri David.

L'enseignement, c'est un peu comme le vélo : on peine à apprendre, on tombe, on se fait mal, et si on renonce, le vélo lui-même devient un symbole d'échec dont la simple vue déclenche la peur. La honte surtout. Mais quand on le maîtrise, c'est pour la vie. Mon père aurait sans doute acquiescé, même s'il aurait préféré l'image du marteau à celle du vélo. Côté rénos justement, je ne croyais pas que je saurais m'y prendre, mais j'ai finalement réussi à réparer la fenêtre brisée du salon. Mon ambition grandissant, j'ai même remplacé la petite fenêtre de la salle de bain dont le cadrage de bois était entamé par la pourriture. Le rez-de-chaussée est maintenant fin prêt pour ma nouvelle locataire. Elle s'appelle Isabelle. Puisqu'elle disait « nous » au téléphone, je croyais qu'elle était en couple, mais elle parlait en réalité de sa chatte, Lili, ce qui m'a induit en erreur. L'animal se faufilait entre les caisses de carton posées sur le trottoir le jour où elle a emménagé, revenant régulièrement frôler sa maîtresse pour lui quémander des caresses.

J'ai terminé d'emménager à l'étage, bien que j'aie encore quelques boîtes à vider. La chaîne en or de ma mère, que j'ai cherchée partout la semaine dernière, doit sûrement s'y trouver. Je la lui avais moi-même offerte à la première fête des Mères suivant le décès de mon père. Mon choix l'avait vraiment émue. Elle la portait en permanence. Papa m'avait montré la chaîne chez le bijoutier en magasinant pour ce qui est devenu son dernier Noël. Il voulait la lui offrir à l'occasion de la Saint-Valentin. Je ne me rappelle pas où j'ai pu la ranger quand j'ai déménagé. J'espère seulement ne pas m'en être débarrassé par mégarde.

Quelle belle fille, cette Isabelle ! Grand sourire, visage rond et yeux clairs. Quand je l'ai rencontrée le 1er juillet, elle avait coiffé ses longs cheveux châtains comme la Marianne qu'interprétait Mary Elizabeth Mastrantonio dans la dernière adaptation cinématographique de *Robin des bois* : des mèches de cheveux tressées à chaque tempe et attachées à l'arrière de sa tête, par-dessus le reste de sa chevelure qui tombait en boucles. L'invitation de ma locataire me ravit. Elle et sa petite Lili m'attendent vers dix-huit heures pour un souper au barbecue ! J'en profiterai pour lui faire signer son bail et lui montrer l'espace que je lui cède à la cave pour le remisage. Perspective des plus agréables. Et ça me laisse toute la journée pour cette expédition hasardeuse au pays de la misanthropie.

Quand j'ai contacté Dubras pour tenter d'obtenir les coordonnées d'Henri David, lui apprenant par le fait même que je quittais la polyvalente, il m'a rappelé de lui envoyer mon curriculum vitae. C'est gentil de sa part, mais je ne me vois pas dans un collège privé. De plus, comme il connaît maintenant les difficultés que j'ai éprouvées à mes débuts, je doute que ma candidature l'intéresse réellement.

À la hauteur de Stoneham, des panneaux indiquent la direction à prendre pour trouver le club de golf et le centre de ski. Les maisons sont de plus en plus éloignées les unes des autres. La forêt déploie ses nuances de vert, et son relief accidenté gagne en majesté. En sens inverse, une ambulance qui roule à tombeau ouvert, gyrophares allumés, égratigne ce si paisible tableau.

10 h 05

Un écriteau me souhaite la bienvenue, en blanc sur fond brun, au Parc de la forêt ancienne du mont Wright. Le mot « ancienne », de mon point de vue, nimbe les lieux de mystère. Je suis à la fois curieux de ce que j'y trouverai et nerveux à l'idée de rencontrer Henri David. Le ton de sa voix ne m'a pas semblé très sympathique au téléphone. J'ai l'impression qu'il va m'éconduire, mais bon. Je suis là, alors je ne vais pas reculer.

Dans le stationnement, une camionnette est garée près de l'unique toilette chimique qu'une nuée de moustiques gardent de près. Il fait chaud, mais pas nécessairement beau. Une imposante escadrille de nimbus forme écran au ciel. On dirait qu'il va pleuvoir, mais rien ne bouge là-haut.

J'inspire un bon coup pour me donner du courage, enfile mon sac à dos, puis emprunte l'unique sentier qui s'ouvre avec l'écriteau.

C'est bête à dire, mais le bruit du gravier tassé sous mes pas me plaît. Dès les premiers mètres franchis, mes sens s'aiguisent. Il y a tant à voir dans cette forêt. Sur ma gauche, des arbres dont je ne reconnais pas l'essence se dressent autour d'un espace dégagé, tapissé de fougères. Des rais de soleil qui s'échappent depuis peu d'un trou dans la nuée en font miroiter le feuillage. Les plantes de sous-bois ainsi révélées égayent cette éclaircie.

Point de gravier là où mes pas se posent maintenant. Le sol devient silencieux. J'avance d'un bon pas sur un tapis de lichen et de brindilles mortes.

À droite, serrés les uns contre les autres, de frêles conifères dont seules les cimes sont encore vertes constituent un rempart. À l'arrière-plan, derrière ces sapins malingres aux branches sèches, une protubérance émergeant d'un tronc plus gros que les autres attire mon attention. Ce bossu détonne.

Un autre écriteau, plus discret cette fois, annonce le sentier qu'Henri David m'a conseillé de suivre. Je prends à droite en direction d'une large clairière. Elle permet le passage des lignes à haute tension qui tranchent le paysage. Au-delà, à une trentaine de mètres, le sentier mène à une brèche. De là où je me trouve, cette percée donne l'impression de dissimuler la forêt ancienne, tapie dans une grotte de verdure.

L'endroit est désert. Aussi, tandis que je traverse cette clairière, je commence à appréhender ce que je trouverai de l'autre côté de ce portail sombre. Et si je me perdais ? Si un ours me prenait en chasse ? Je place les pouces sous les bretelles de mon sac et les saisis fermement. Malgré les arguments rationnels que j'oppose à mes craintes, plus j'approche de la trouée, moins je me sens en sécurité. Étrangement, la chaleur m'accable en dépit de l'écran de nuages.

Quand j'entre dans la forêt ancienne, les petites feuilles foncées des branches que mes bras effleurent me surprennent par leur fraîcheur. Elles bruissent comme de la soie. Ma nuque et mes épaules se trouvent instantanément libérées du poids de la chaleur.

Dès ce porche franchi, je m'immobilise : ce que je découvre me sidère. La grotte dans laquelle je croyais entrer il y a un instant s'est métamorphosée en une étendue lumineuse plantée d'arbres de haut fût. Les taillis aux branches entremêlées, si denses en bordure de la clairière, ne forment en fait qu'une étroite barrière. Ici, les arbres matures sont rois. Les plantes basses en dégagent les troncs qui font tous plus de vingt mètres. Ici et là, le soleil troue la voûte formée par la frondaison, vitrail azur et émeraude. L'air y est tempéré, encensé d'effluves de sapin, de mousse et de moisissure qui se mêlent au silence. Je m'en étonne, mais soudain, je comprends, et je vois : la majesté de ces lieux, ses piliers, sa lumière filtrée. Je foule le sol d'une cathédrale.

Un autre panneau bleu se trouve à une cinquantaine de mètres. Je reprends ma randonnée en regardant partout, émerveillé. Ce ciel d'arbres me fascine. Vraiment. Trois fois je trébuche, mes pas étant déstabilisés ou retenus par les racines saillantes qui traversent la voie. J'arrive enfin à l'écriteau : je dois tenir la droite et suivre le sentier de la Forêt ancienne.

Quelques minutes plus tard, j'atteins un ponceau qui surplombe un ruisseau au cours discret. Le paysage retient si bien mon attention que je trébuche encore et encore. Bientôt, le sentier longe les limites sud-ouest de la forêt, bordée par quelques maisons de ce que je devine être le chemin de la Découverte, où vit Henri David. Ces habitations, que j'aperçois à peine à travers les branches, semblent modestes. J'entrevois des murs de stuc, des toits de tôle rouge, des pelouses bien entretenues, des boîtes à fleurs, des dépendances. Les bois se resserrent et la route étroite que je suis de façon quasi hypnotique bifurque vers la gauche. Je suis seul ici, vraiment seul. La forêt, qui évoquait une grotte il y a quelques minutes, m'apparaît maintenant si vaste, rayonnante… envoûtante. Ces arbres, cette randonnée me rappellent mon père.

Papa parlait peu. C'était un homme calme, stoïque même. J'imagine que son sang-froid lui était fort utile en tant que policier. Toutefois, les vacances venues, ou les fins de semaine, il arrivait que l'on se retrouve en forêt, seuls tous les deux ou en compagnie de maman. Son propre père avait une érablière, des amis et des collègues possédaient des chalets dans la réserve de Portneuf, dans les Laurentides ou dans le Parc de la Mauricie. Bref, les occasions de s'évader étaient nombreuses, et elles le transformaient. Il aimait la chasse et la pêche, c'est vrai, mais ces activités n'étaient pour lui qu'un prétexte. Ce qu'il préférait, c'était la forêt.

— Si tu avais une sœur, nous l'appellerions Sylvie, ou Sylvia, avait-il dit un jour en me faisant un clin d'œil, les mains dans les poches, en référence à la sylve, un mot qu'il affectionnait.

— Et moi, pourquoi m'avez-vous appelé Mikaël ? avais-je rétorqué, glissant moi aussi les mains dans mes poches, pour l'imiter.

Papa avait jeté un coup d'œil complice à ma mère, qui m'avait répondu :

— Mikaël est le nom d'un ange, mon chéri. Un ange chargé, à ce qu'il paraît, de la pluie et de la végétation sur la Terre. Ton père a de la suite dans les idées, non ?

Ils avaient tous deux éclaté de rire en voyant ma tête. N'empêche que papa adorait la forêt comme d'autres les musées. Y flâner les mains dans les poches le comblait. Ce geste simple l'amenait à tout considérer avec ravissement : il était heureux. Cet état d'esprit le rendait souriant et volubile, ce qui, chaque fois, me surprenait.

« Regarde ce tremble ! As-tu vu ces mélèzes ? Le pin blanc, juste là ! Comme il est gros ! » Moi, je me prêtais volontiers au jeu sans être sûr de bien repérer ce qui l'avait ému, mais ça m'était égal. Son bonheur me transportait, devenait mien. Les racines de sa félicité tiraient leur force de la forêt.

Perdu dans mes souvenirs, je ne peux m'empêcher d'admirer la frondaison qui voile le ciel ; je ne peux non plus me garder de continuer à perdre pied et à risquer une chute à tout moment. Il faudrait que je rive mes yeux au sol, que je me concentre sur mes pas, mais mon attention s'en trouve invariablement écartée.

Henri David m'attend à midi au belvédère du sommet. J'ai encore bien du temps devant moi : il n'est pas tout à fait dix heures trente. Le sentier ne fait plus qu'un demi-mètre de large là où je suis rendu. Gagnant graduellement de l'altitude, je progresse sur un sol coussiné qui est bordé, de part et d'autre, d'arbres cassés ou déracinés, recouverts de mousse, de feuilles mortes, de champignons et de plantes basses.

Haletant, j'atteins enfin le sentier du Vaillant. Toutefois, l'écriteau n'a pas la même facture que les autres. Celui-ci est fait à la main : un simple morceau de contreplaqué de la taille d'une feuille de papier où les inscriptions semblent avoir été tracées au feutre noir. J'arrive à y lire : « Sentier du Vaillant – En construction – Très difficile. » Je comprends maintenant pourquoi ce sentier n'apparaît pas sur le plan que j'ai consulté à mon arrivée. J'apprivoise les lieux. La peur s'est envolée. Je suis content de moi.

Les escaliers que je gravis me donnent l'impression de quitter la terre ferme, de passer dans un autre monde. Des marches ont été grossièrement aménagées avec des pièces de bois perpendiculaires au sentier. Elles retiennent la terre et le gravier de la montée. La sueur commence à me brûler les yeux. Étonnamment, malgré l'altitude qui rabougrit habituellement la végétation, les arbres d'ici gardent leur hauteur. Au détour d'un gigantesque bloc erratique – rocher anguleux lui aussi couvert de mousse –, je trébuche sans pouvoir me rattraper et m'étale sur le sol dans un bruit sourd. Une douleur aux côtes me coupe le souffle. Je ne me suis pas méfié des marches irrégulières.

Je m'assois un instant pour balayer la terre et la saleté collées à mon t-shirt trempé de sueur. J'en profite pour boire un peu d'eau et pour en verser sur l'éraflure tracée par le rocher sur mon flanc gauche. Un coup d'œil à ma Timex me surprend : je gravis le mont Wright depuis plus de trois quarts d'heure, moi qui avais l'impression de randonner depuis seulement une dizaine de minutes.

Désaltéré, je reprends l'ascension. Le sentier, balisé par des bandes horizontales bleu et blanc peintes sur certains troncs d'arbres, devient plus difficile à suivre. Vient un moment où je me retrouve contre la falaise : cul-de-sac ! J'ai beau chercher, je n'arrive pas à trouver d'autres balises. Je me résous à grimper aux rochers qui offrent des prises à ma portée. J'entreprends une brève escalade, m'aidant tantôt de pointes rocheuses en saillie, tantôt de troncs d'arbres ou de racines déterrées aux angles protubérants. Regarder derrière me donne le vertige. Chaque fois, je suis tenté de redescendre, mais je me persuade de continuer. À deux reprises, je m'écorche les mains en agrippant des troncs de résineux. Des fragments de branches séchées piquent mes paumes et cassent. De la gomme de sapin tache mes mains. Un cri de tamia retentit soudain, accompagné d'un bruissement galopant dans les plus hautes cimes.

Tandis que la fatigue alourdit mes pas, la peur revient, plus forte, et le doute me gagne. J'ai perdu mes repères. J'hésite à poursuivre ma route. Un instant plus tard, j'aperçois le long de la falaise une mince bande de terre qui me paraît praticable, couverte d'aiguilles séchées. J'opte pour cette voie. Quelques mètres plus loin, la découverte de marques bleu et blanc sur le tronc d'un bouleau me soulage. Mon orgueil est sauf : je ne me suis pas perdu.

Bientôt, la voie apparaît plus distinctement et s'élargit. La pente s'adoucit. Peur et doutes s'estompent. J'aperçois enfin le belvédère, aménagé dans un espace découvert : une récompense, dans un écrin de velours vert et de soie bleue.

La vue qu'offre ce surplomb sur les vallées et les montagnes environnantes constitue un cadeau des plus réjouissants après tous les efforts, toutes les écorchures que m'a coûtés cette ascension. Une balustrade de bois délavé délimite un espace qui fait peut-être cent mètres carrés, serti de végétation. Je reviendrai ici, pensé-je.

Je dépose mon sac, en sors ma bouteille d'eau et me gargarise avec la dernière gorgée que j'en tire.

Comme je suis en avance de quarante-cinq minutes pour le rendez-vous, je m'assois sur un banc fait d'une longue bille de bois tranchée en deux, puis déposée sur des pièces plus courtes dans lesquelles elle s'imbrique. J'inspire et expire longuement à plusieurs reprises. Je revis.

Je revois papa. Un vent doux chargé de relents résineux me caresse le visage et assèche la sueur qui couvre ma peau. J'ai l'esprit clair. Je me sens heureux. Et je suis, en plus, sur le point de rencontrer celui qui saura peut-être m'aider dans ma quête.

Je me relève pour aller m'accouder à la balustrade, admiratif. Après quelques minutes de contemplation, le soleil se fraie un chemin à travers les nuages qui se dissolvent dans le bleu. Je retourne m'allonger sur le banc, au soleil, en appuyant ma tête sur mon sac à dos. Je m'assoupis.

Le murmure incessant de nombreux moustiques finit par me tirer du sommeil. Des démangeaisons désagréables à la nuque et derrière les oreilles me donnent soudain des frissons. Le ciel est redevenu lourd et gris. Le vent est tombé. On dirait que le temps va tourner. Je peine à m'asseoir. De gênantes courbatures et ma blessure aux côtes me font grimacer. Je reprends mes esprits et consulte ma montre. Il est presque quatorze heures !

Je me lève et examine les alentours. J'encaisse la déception comme un puissant coup de poing : Henri David ne s'est pas présenté au rendez-vous. Je me demande aussitôt s'il est possible qu'il se soit pointé sans me voir, mais vu les dimensions et la configuration du belvédère, je me rends bien compte que s'il était venu, il n'aurait pu me manquer.

Déçu, j'enfile mon sac à dos et entreprends de redescendre. Comme je suis attendu à dix-huit heures chez ma locataire, je ne voudrais pas lui faire faux bond à mon tour.

Un écriteau de la même facture que le précédent déconseille aux randonneurs d'emprunter le sentier du Vaillant pour la descente. En ressortant un dépliant produit par la Ville de Stoneham, que j'avais fourré dans mon sac à dos, je calcule que le sentier du Sommet couvre au moins dix fois la distance que j'ai parcourue en suivant le sentier du Vaillant. Désireux de rentrer dès que possible, je désobéis à l'avertissement.

J'entreprends la descente d'un bon pas. Quelques moustiques que je chasse tant bien que mal continuent à me harceler. Au détour d'un rocher, alors que je m'assois presque sur le sol pour arriver à poser les pieds sur une saillie sécuritaire, excédé par les attaques de ces microvampires, je glisse et perds pied. Je tombe d'abord sur le dos avant de me mettre à rouler de côté. Après quelques secondes d'accélération, ma dégringolade s'interrompt contre un arbre dont les racines enserrent un rocher. Une douleur aiguë au front domine une souffrance plus diffuse au dos, aux jambes et aux bras.

Je n'ose plus bouger. Je ne sais même pas si je pourrais. Le ciel m'apparaît maintenant moins fascinant alors que je gis dans les aiguilles de conifères. Le cri d'un autre tamia brise le silence et se prolonge. Ce petit malin se paie sans doute ma tête.

Je me redresse et m'assois. J'ai un peu honte de ma témérité. Si je ne m'étais pas arrêté brusquement, j'aurais été projeté au moins six mètres plus bas, sur un amas de rochers. Cet arbre m'a fait très mal, mais il m'a sans doute sauvé la vie.

Après un coup d'œil attentif vers le bas de la falaise, j'en mesure le dénivelé et estime qu'il est préférable de remonter pour ensuite suivre le sentier recommandé.

Je fais donc quelques pas à la recherche de prises adéquates, mais je glisse de nouveau et me retrouve cette fois à plat ventre. Je plante les ongles dans le sol et rage de me découvrir si peu agile.

Enfin immobilisé et davantage écorché, je m'assois sur une pierre ronde qui borde le sentier. J'éponge la sueur qui couvre mon front et constate, en regardant mon bras droit, qu'il est mouillé du sang qui dégouline sur mon visage et pique mes yeux. On croirait que j'ai été attaqué par une meute de loups enragés.

Après avoir observé les alentours, piqué derechef par un moustique que je menace expressément – et futilement – de mort, j'opte pour une descente sur les fesses, lente et prudente, de la zone la plus abrupte du sentier du Vaillant. En m'aidant de mes mains et en progressant à petits pas, j'atterris enfin sur une surface plus facile à dévaler. Je me relève et je balaie vigoureusement mes vêtements : mon pantalon et mon t-shirt sont sans doute irrécupérables. Mille petites sources de douleur hurlent une cacophonie de picotements, de spasmes et de brûlures. Je vais m'en sortir, me dis-je en grimaçant.

Enfin revenu à ma Golf après un trajet beaucoup plus long et désenchanté qu'à l'aller, je jubile à l'idée de pouvoir bientôt me doucher et décapsuler une bonne bière froide. En ouvrant le coffre arrière, je me rappelle qu'il est inutile de tenter d'y fourrer mon sac à dos : mes caisses de livres occupent tout l'espace disponible. L'exemplaire des *Poésies* de Rimbaud glisse sur les couvertures lustrées d'autres bouquins qui débordent d'un carton : le hayon fermé le retenait sans doute en place. En l'attrapant, je me demande comment le poète m'aurait décrit s'il était tombé face à face avec moi dans cet état : « Esquinté du val » ?

16 h 25

Mes articulations sont engourdies. J'ai de la difficulté à bien tenir le volant. Je dois conduire lentement. Même les virages s'avèrent douloureux. Je ne souffre, somme toute, que de quelques égratignures à l'exception de mes contusions aux côtes et à la tête, des blessures que je désinfecterai sitôt rentré chez moi. La douleur est moins brutale que celle de mes maux de tête des derniers jours.

Je suis déçu. Henri David m'a posé un lapin. Peut-être a-t-il eu un empêchement... ou a-t-il simplement changé d'idée ? Il n'était pas très enthousiaste au téléphone. Ce n'est qu'après avoir mentionné que j'avais discuté avec Alexandre Dubras et que ce dernier m'avait fourni son numéro qu'il a finalement daigné accepter de me rencontrer.

C'est l'heure de pointe de fin de journée. La circulation automobile est beaucoup plus dense en sens inverse. J'ai hâte d'arriver chez moi. Je devrais pouvoir être à l'heure chez Isabelle.

17 h 20

En sortant de la voiture, je suis victime d'étourdissements. Légers d'abord, puis carrément déstabilisants. Heureusement, personne ne me voit. Je tente de cacher mon t-shirt souillé en gardant mon sac à dos devant moi. Le temps est gris et lourd. Un appétissant fumet me parvient d'une cour voisine. Je n'ai rien avalé depuis le matin. Je croyais revenir beaucoup plus tôt.

En gravissant l'escalier, je sens la nausée apparaître. J'ai tout juste le temps de me rendre à la salle de bain pour vomir dans la cuvette. Ma vue s'embrouille. Un halo se forme autour de tout ce que j'arrive encore à voir.

Je parviens tant bien que mal à me débarrasser de mes vêtements et à me pousser sous la douche. L'eau qui tourbillonne vers le drain va du brun au rouge et se clarifie graduellement. Mais soudain, je suis contraint de m'asseoir sous le jet d'eau chaude : les étourdissements ont repris de plus belle.

18 h

Les muscles de mes cuisses me rappellent ma randonnée alors que je redescends l'escalier. Je tiens fermement les mains courantes pour compenser la confusion qui me désoriente. De marche en marche croît l'idée que je devrais annuler le souper... Je souhaitais que la douche me revigore, mais mon état se détériore.

Au bas de l'escalier, je m'assois sur la dernière marche, nauséeux. J'ai oublié le bail à l'étage... Je lève les yeux pour toiser le parcours à refaire, puis abandonne aussitôt l'idée.

Je me relève, emprunte l'allée caillouteuse qui borde la maison et aboutis enfin à l'avant de ma propriété, où je trouve Tran accroupi devant chez lui. Je le salue de la main. Il semble que ce geste a trahi mon état, car il se précipite vers moi.

— Mik ? Qu'est-ce qui t'est arrivé ? tousse-t-il en retirant sa cigarette de sa bouche, inquiet et effrayé à la vue de mes égratignures à la tête.

À en juger par son expression, j'ai l'air plus mal en point que je le croyais.

Comme je vais lui répondre, l'odeur de la cigarette et la fatigue du chemin parcouru dans les deux dernières minutes font monter la bile dans ma gorge. D'horribles convulsions me compriment l'estomac et je me retrouve à quatre pattes dans la pelouse, vomissant de nouveau le peu d'eau que j'ai réussi à ingurgiter depuis mon retour.

Tran m'a ordonné de le suivre à l'hôpital. Le trajet en Renault n'a pas été de tout repos avec lui comme conducteur. Il manœuvre si brusquement...

— Mais je dois souper avec Isabelle, j'ai...

— Oui, et tu vas lui vomir dessus pour la remercier de l'invitation ? À l'hôpital, Mik ! T'as été batassé ou quoi ?

— Regarde où tu vas, Tran !

Il pose la main dans la poche de sa veste, en sort par réflexe un paquet de cigarettes qu'il y replace aussitôt, résolu à ne pas fumer en ma présence.

Il a raison d'avoir insisté.

Je ne me rappelle pas tout ce qui m'est arrivé depuis que je suis à l'hôpital. Assis dans la salle d'attente des urgences, où tout est vert pâle, vert malade, je sens le calme revenir. J'ai une terrible céphalée, mais je n'ai plus mal au cœur. Les étourdissements deviennent plus faciles à supporter. Une dizaine d'autres personnes patientent, comme moi : des enfants qui toussent et reniflent, un gros gars aux bras tatoués qui a la main enveloppée dans un bandage, quelques vieillards, une dame en fauteuil roulant, un fichu sur la tête. Elle agrippe, d'une main décharnée, un pied à perfusion sur roulettes auquel est suspendue une pleine poche de soluté. Elle regarde souvent son avant-bras tout enrubanné de papier collant, là où le cathéter est inséré. Selon mes estimations, on devrait pouvoir m'ausculter d'ici une vingtaine de minutes.

Régulièrement, une voix nasillarde, diffusée par des haut-parleurs que je n'arrive pas à repérer en scrutant les plafonds et les murs, appelle les patients.

— Qu'est-ce que tu cherches, Mik ? Ça va ? me demande Tran, encore inquiet.

— Ce n'est rien. Je te fais passer une belle soirée, hein ? Tu devrais retourner chez toi. Je prendrai un taxi pour rentrer.

— Je vais attendre que tu voies le doc.

Pendant qu'il me parle, je détourne le regard, curieux. La dame en fauteuil roulant lève le bras comme pour poser une question à l'un des hommes qui passent tout près. Un petit groupe de quatre jeunes gens suivent un médecin aux tempes grises. Ses lunettes et son stéthoscope pendent à son cou. Tous sont en sarrau blanc. Le dernier du groupe, un rouquin qui sourit de toutes ses dents, tourne les yeux un instant vers la dame, mais ne s'arrête pas. Il l'a vue pourtant. Cette femme me rappelle ma mère dans les dernières semaines de sa maladie, de sa vie. Je baisse les yeux. Maman.

— Mon chéri, la chaîne que tu m'as offerte, tu la conserveras. En souvenir de moi, avait-elle ajouté en souriant faiblement, palpant le bijou toujours à son cou.

— Maman… avais-je alors tenté, incapable d'en dire plus.

Je m'étais allongé à ses côtés. Dans son lit d'hôpital. La tête sur son épaule. Sa main dans mes cheveux. Nous savions tous les deux qu'elle n'en avait plus pour longtemps.

Un bruit me fait émerger : quelque chose heurte le sol. La femme tenait un verre de plastique blanc fermé par un couvercle percé d'une paille. Le verre est maintenant par terre. Elle a dû le laisser tomber en tentant d'attirer l'attention.

Je me lève sans être trop étourdi et me dirige vers elle. Je récupère son verre pour le lui rendre et découvre, par son poids, qu'il est vide. Le fichu bleu de la femme fait ressortir de magnifiques yeux azur, très pâles. Elle me regarde, semble vouloir exprimer une détresse qu'elle n'ose pas verbaliser.

— Voulez-vous que j'y remette de l'eau, madame ?

Elle me sourit.

— Vous seriez bien gentil, dit-elle faiblement.

Son regard s'adoucit.

Mes mouvements ne sont pas aisés en raison des courbatures, mais je me redresse en grimaçant et je repère tout de suite une buvette. Après avoir rincé la paille et le couvercle, je remplis le verre aux trois quarts et le lui rends. Tran m'accompagne.

— Voilà, madame.

— Avez-vous besoin que nous appelions quelqu'un ? propose Tran sur le ton bienveillant que je lui connais, ce ton qui rend tout refus quasi impossible.

La femme pose sa main sur la mienne quand je lui rends son verre. Sa peau translucide est froide. Je comprends qu'elle est heureuse de notre sollicitude.

— Oui, pour ça, fait-elle en désignant son bras, où une bosse singulière distend sa peau, juste au-dessus du site d'injection. Pouvez-vous demander quelqu'un au poste de garde ? Mon mari devrait revenir d'un instant à l'autre, mais vous me rendriez un grand service…

Un appel retentit. La voix nasillarde me nomme : « Mikaël Langevin, salle quatre ! » Tran me tape sur l'épaule et me fait signe qu'il s'en occupe.

— Au revoir, madame.

Elle me sourit de nouveau et pose les yeux sur le verre qu'elle tient précieusement entre ses doigts osseux. Elle le soulève, porte la paille à ses lèvres décolorées.

Elle doit avoir une soixantaine d'années. Un cancer, sans doute. Quand elle relève la tête, c'est pour chercher Tran des yeux, qu'elle trouve aussitôt au poste d'accueil en train de gesticuler.

Je me dirige vers la salle quatre qui se situe au fond d'un couloir où d'autres patients attendent, disséminés sur les sièges de plastique gris adossés aux murs. La lumière froide des néons éveille en moi une douleur subtile, une sorte d'élancement qui, une fois de plus, propage une onde de douleur de mes yeux jusque derrière mes oreilles. Les odeurs, l'éclairage, l'écho des voix qui se perdent et des portes qui se ferment me ramènent deux années en arrière, quand ma mère est décédée, moins de trois mois après la découverte trop tardive d'une tumeur maligne au sein gauche.

Un homme aux cheveux en brosse sort de la salle de toilettes et se dirige en sens inverse. Il me frôle l'épaule tellement il me croise de près. Les plis de son front et son regard braqué loin devant trahissent une profonde inquiétude. Je tourne enfin la poignée d'une porte sur laquelle une petite plaque noire indique « Salle 4 », en lettres blanches.

Jour gris et éclaircies
6 juillet 1993

12 h 25

Quand le taxi me dépose enfin devant chez moi, il est presque minuit trente. J'ai sommeil. Détrempé, l'asphalte brille. L'air sent bon. L'herbe mouillée et les fleurs des platebandes et des jardinières de mes voisins exhalent leur parfum délicat sous la lune, presque pleine.

La pluie et le vent ont battu les grandes baies vitrées de la salle d'attente de l'hôpital durant au moins deux heures. En tout, je me suis tapé presque six heures d'attente, de consultations et d'examens. Au moins, je reviens chez moi et je comprends mon état des dernières semaines.

Pas de lumière au rez-de-chaussée. Je vais devoir m'excuser auprès d'Isabelle. Je lui ai moi aussi posé un lapin. J'aurais dû me garder de juger Henri David. Il faudra que je les recontacte tous les deux. Demain. Ou plus tard cette semaine. J'ai faim.

Il y a peu de victuailles dans mon garde-manger, mais je repère un sachet de gruau instantané. Je trouve rapidement la cannelle sur la tablette du dessus, à côté des épices que j'ai achetées la semaine dernière sans savoir quand et à quoi elles me serviraient. Le gruau à la cannelle, avec un soupçon de miel, était le déjeuner favori de papa. L'odeur me le rappelle aussitôt. Je le revois en uniforme, placide, puis en forêt, tout sourire. Je revois aussi l'écriteau au sommet du mont Wright, l'avertissement. C'est curieux, ces associations de la pensée qui erre d'image en sensation, de sensation en réminiscence. En formulant son diagnostic de traumatisme crânien, le docteur Bégin m'a prévenu : pendant quelques semaines encore, je souffrirai des mêmes symptômes que ceux qui parasitent ma psyché depuis le madrier, le portemanteau et, plus récemment, ma dégringolade en montagne.

— J'imagine que ça devait être un frêne, m'a-t-il lancé lorsque je lui ai parlé de l'arbre qui m'avait sauvé la vie.

— Je ne sais pas… je ne reconnais pas facilement l'essence des arbres.

— C'ui-là, il est facile à reconnaître : c'est le seul qui stoppe les chutes… le frêne…

J'ai saisi son jeu de mots un peu en retard.

Il m'a assuré, s'appuyant sur l'échelle de Glasgow qui permet de mesurer l'état de conscience, que les conséquences de mon traumatisme ne seront pas trop graves et qu'après une dizaine de jours, outre les maux de tête, l'impression d'avoir le cerveau dans la gelée commencera à passer. L'IRM, un scan crânien auquel j'ai dû me soumettre, a révélé qu'au fond, c'est la troisième petite commotion cérébrale que je subis en un mois. Tout s'explique donc : l'insomnie, les maux de tête intenses associés à des perturbations émotionnelles, la confusion, l'indécision – tout !

Je verse un peu d'eau bouillante dans le gruau, que je saupoudre généreusement de cannelle moulue. Je n'ai pas de miel. L'odeur de l'épice se diffuse et s'intensifie. Et de fil en aiguille, tandis que je mange à petites cuillerées pour éviter de tout dégobiller, mes pensées me ramènent à cette dame au fichu bleu, à son doux regard, à sa voix si faible.

À ma sortie de la salle d'examen, elle n'était plus où je l'avais laissée. Son fauteuil roulant était toujours là, lui. On avait dû la déplacer pour enfin la prendre en charge. Je ne suis pas inquiet : je suis sûr que Tran, avant de partir, s'est assuré que quelqu'un s'occupe d'elle.

Je prends deux petites gorgées d'eau à sa santé. Le gruau était bon. Mon lit m'appelle. Demain : Isabelle, bail, Henri David. Je crois déjà rêver alors que j'ai toujours les yeux ouverts. « Merci, papa. Bonne nuit, madame. Elle est bien bonne, doc. Le frêne, l'arbre qui freine... Bien bonne. Faut que j'achète du miel. » J'éteins.

10 h 30

Le téléphone sonne une première fois. J'ouvre un œil. Deuxième sonnerie. Il est dix heures trente. J'ouvre les deux yeux. Troisième sonnerie. Le temps de me rendre dans la pièce où j'ai installé le téléphone, déjà plus personne au bout du fil quand je décroche, à la cinquième sonnerie.

Dehors, une pluie gris de plomb tombe dru. Je prépare du café et une fois la percolation en cours, j'ouvre la fenêtre à battant au-dessus de l'évier de la cuisine. Elle donne sur la cour arrière, la ruelle et les ormes qui l'enserrent. Le mélodieux martèlement des gouttes d'eau m'apaise. J'ai toujours aimé la pluie. Question d'ions, apparemment. Les jours d'averse, tout au-dehors me ramène au-dedans.

Perdu dans ma contemplation, alors que l'odeur de café fraîchement infusé se répand, le téléphone sonne de nouveau. Je cours au salon.

— Oui, bonjour !

— Mikaël Langevin ? Henri David.

Je reconnais illico cette voix grave, cette diction impeccable sans être maniérée. Je reste surpris, mais au fond, son appel me fait plaisir. Je n'ai, paradoxalement, aucune arrière-pensée sur le rendez-vous manqué de la veille.

— Je suis content de pouvoir vous parler, monsieur David.

— Tu vas mieux ? demande-t-il sur un ton un peu sec.

Comment sait-il ? Il poursuit sans attendre ma réponse.

— Écoute-moi bien. Je n'ai pas beaucoup de temps à t'accorder ce matin. Si tu veux, nous pourrons nous redonner rendez-vous. Pour l'heure, j'ai deux choses à te dire.

Intrigué, je m'assois. Le ton de sa voix s'est aggravé. Ça semble important.

— Je suis désolé de ne pas m'être présenté hier midi. Ma femme a dû être admise à l'hôpital d'urgence. J'ai dû demander une ambulance. Elle est malade depuis longtemps, mais dans les dernières heures, son état s'est rapidement détérioré. Elle est morte cette nuit.

Sa voix s'est mise à trembler pendant les derniers mots. Il lutte avec l'émotion. Il arrive à poursuivre.

— Et je te remercie très sincèrement pour ce que tu as fait pour elle… Elle m'a dit… qu'il y avait de la bonté dans tes yeux.

Là, les pièces du puzzle trouvent leur place. L'ambulance d'hier matin en sens inverse. La dame au fichu bleu à qui j'ai rendu son verre, l'homme pressé qui m'a frôlé dans le couloir… C'était Henri David. La vieille femme était son épouse.

— Elle m'a tout dit, et comme elle a appris ton nom quand on t'a appelé pour voir un médecin, nous avons vite fait le lien. Ton ami Tran m'a raconté le reste.

— Je suis désolé pour votre femme. Je l'ai trouvée très affaiblie… Je…

— Mikaël Langevin, tu as été à l'origine d'un des derniers gestes bienveillants faits à son égard. Elle s'est éteinte avec le sourire que lui a fait esquisser le récit de votre rencontre. Elle m'a fait promettre de t'aider…

Sa voix se brise.

Un courant d'air humide parvenant de la cuisine me fait frissonner. Henri David se ressaisit au bout d'un moment pendant lequel je n'ai pas, moi non plus, pu reprendre la parole. Il va me redonner de ses nouvelles dans une dizaine de jours. Il me remercie une dernière fois et raccroche.

Il pleut toujours. Le café est prêt. Je reste assis devant la fenêtre du salon. J'observe les gouttes qui glissent le long de la vitre, en rejoignent d'autres, grossissent leur tracé et précipitent soudain leur course. Ruisseaux devenus rivières devenues cascades.

Je sors tout juste de la douche quand j'entends trois coups secs, vite enchaînés. Soit la maison craque – ce qui est plus fréquent l'hiver que l'été –, soit quelqu'un m'attend à la porte. Je noue une serviette autour de ma taille et m'essuie les cheveux avec une autre tout en me dirigeant vers l'entrée. Les contours d'une silhouette se détachent derrière les carreaux de verre givré. Comme il pleut toujours, je m'empresse d'aller ouvrir.

— Isabelle ?

Elle est tout sourire sous le capuchon de son ciré jaune. Elle tient un paquet enveloppé dans un linge à vaisselle blanc et bleu, devant elle, comme une offrande. Mon accoutrement l'amuse beaucoup. Je sens soudain la serviette à ma taille se dénouer et j'ai tout juste le temps de la rattraper pour éviter d'entreprendre, bien malgré moi, un ridicule *strip-tease*… Tandis que je porte les mains à ma taille pour attacher la serviette plus solidement, l'autre reste négligemment suspendue sur ma tête, me couvrant le visage, si bien que je ne vois plus rien. J'entends ma locataire éclater d'un rire spontané que l'embarras m'empêche d'apprécier.

— OK ! s'exclame-t-elle en tentant de reprendre son sérieux. J'entre, je ferme les yeux, et toi, tu vas t'habiller pendant que je t'attends ici bien sagement.

J'obtempère.

— Ça va mieux, la tête ? s'enquiert-elle.

De la salle de bain où je me réfugie en vitesse, alors que j'essuie le miroir embué au moyen de mon drôle de couvre-chef, je lui lance :

— Oui, merci. Tu es au courant ?

Tran, évidemment.

— Sers-toi un café si tu veux.

Je devine qu'elle accepte en l'entendant ouvrir et refermer les armoires et fouiller dans un tiroir. Je me faufile dans ma chambre – ce débarras – pour me trouver quelque chose de décent à porter.

Au pied du matelas posé par terre, à travers les caisses et les pots de peinture, j'aperçois mes vêtements souillés de la veille : sang, boue, sueur, aiguilles de sapin et je ne sais quoi d'autre. Mon t-shirt est même déchiré à l'épaule. Inutile de lessiver ou de repriser tout ça : poubelle.

J'enfile un jean et un t-shirt, sans doute les derniers vêtements encore propres dont je dispose. Dès que j'irai mieux, je devrai inaugurer ma nouvelle buanderie : il y a urgence !

Le passage étroit du col sur mon front me fait grimacer. Dans mon empressement, je crains d'avoir rouvert la plaie qu'on a cousue et pansée à l'hôpital. Je n'aurais pas dû défaire le bandage si vite, ni me mettre la tête sous la douche. Un toucher délicat au front confirme mes appréhensions : deux petites marques rouges colorent l'extrémité de mon index. De légers étourdissements me rappellent que même si je me sens mieux, les conséquences d'une commotion cérébrale, que dis-je, de trois commotions cérébrales consécutives ne disparaissent pas en quelques heures. Il faudra des jours, des semaines, des mois peut-être.

Isabelle se pointe dans l'embrasure de la porte, toujours vêtue de son ciré, une tasse de café fumant à la main.

— Tu saignes ?

— …

— Laisse, je m'en occupe. Tes pansements et onguents sont dans la salle de bain, j'imagine ? Attends-moi dans la cuisine. Ma tante Isabelle va t'arranger ça.

Ma tante Isabelle, hmmmm ! Assis sur la seule chaise non encombrée de ma petite salle à manger, je ferme les yeux. C'est trop…

— Aïe !

— Ça y est. Un peu d'onguent antibiotique, une gaze propre et le tour est joué. Attends au moins quarante-huit heures avant de te laver les cheveux… ou plus, si tu peux. La plaie va cicatriser. Tu vois, tu as dû malmener la petite couture qu'on t'a faite à l'hôpital en enfilant ton t-shirt. Le terme exact est suture. Elle vise à rapprocher chaque côté – les lèvres – de la plaie et à faciliter la cicatrisation. Utile, non, les sciences infirmières ?

Je savais qu'elle était étudiante, mais pas dans ce domaine-là.

— Tu sais, dis-je, ma mère était infirmière également. Il te reste combien d'années d'études avant de pouvoir travailler ?

— Avant de pouvoir pratiquer ? me reprend-elle. Une seule. Et cette fois-ci, c'est le bon domaine. J'ai aussi un diplôme en techniques juridiques, mais je me suis rendu compte que la recherche et la paperasse, c'était, au final, pas très enrichissant humainement parlant.

Elle dépose sur le comptoir le rouleau de gaze ainsi que le minuscule tube d'onguent antibiotique et se tire une chaise à la table, mais une pile de draps et de serviettes se trouve sur le siège.

— Attends, je m'en occupe. Enlève ton imper.

Elle acquiesce d'un signe de tête, se retourne et aperçoit tout de suite les crochets que j'ai vissés au mur adjacent à la porte d'entrée, dans mon minuscule vestibule. Elle réajuste sa montre à son poignet en venant me retrouver. Elle porte un tricot kangourou blanc qui lui va à ravir.

— Je ne peux pas rester longtemps. J'ai des trucs à faire. Je t'ai apporté un gâteau aux dattes et aux noix. Je l'avais préparé pour hier soir. Lili et moi avons pensé que tu aimerais y goûter. Pas trop sucré : tu pourras t'en servir une tranche au déjeuner, si tu préfères. C'est toujours ce que fait mon père. Une recette de ma mère.

— Merci, c'est gentil. Désolé pour hier, je…

— Je comprends, ne t'en fais pas. Tu t'es rudement amoché la tête. Commotion cérébrale, c'est bien ça ?

Je ne peux m'empêcher de la taquiner en la reprenant :

— Traumatisme crânien, selon les termes du médecin, précisé-je en hochant la tête, ce qui provoque un bref étourdissement.

L'orgueil aidant, je me lève quand même. Le tournoiement s'affaiblit. Je me rends au comptoir pour me servir à mon tour un café noir, puis je lui raconte ma journée de la veille. L'histoire de la femme d'Henri David la touche visiblement beaucoup. La façon dont la malade a été traitée la choque, si j'en juge par ses sourcils en accents circonflexes et les regards qu'elle me jette en m'écoutant.

— Il arrive que l'aiguille de la perfusion soit mal logée, que l'infirmière passe juste à côté de la veine. La solution se répand alors dans la zone sous-cutanée, ce qui provoque une sensation de brûlure. Un grand inconfort. Pauvre femme.

Ce qui se voit tout de suite chez Isabelle, c'est qu'elle aime les gens. Et sa façon d'écouter, de regarder... Elle braque son regard dans le mien sans jamais m'interrompre, et son visage semble convertir en émotion absolument tout ce que je lui dis. Tantôt elle sourit, tantôt elle semble inquiète, ou surprise, ou fâchée. Ses traits sont si expressifs qu'il est difficile de ne pas détacher mon regard de son beau visage. Et dès qu'elle prend la parole, elle sait rendre ses récits du quotidien captivants, sans manquer d'y mettre en scène sa chatte, Lili, dont elle paraît littéralement amoureuse.

Au moment où elle termine son café et s'apprête à partir, le bail à signer me revient à l'esprit.

— Attends un instant, Isabelle. On va régler la question du bail tout de suite. Ce sera fait.

Après avoir tout lu et parafé, elle signe et me surprend en me demandant :

— As-tu aussi besoin de la signature de Lili ?

Je lui réponds par un sourire amusé, mais elle insiste, un point d'interrogation au milieu du front.

— Non. Ça va ainsi. Ta signature suffit largement.

Cette manie qu'ont les maîtres d'animaux domestiques de les traiter et d'en parler comme s'ils étaient humains me laisse perplexe. Une grosse dame qui se baladait avec son caniche devant chez moi, l'autre jour, appelait son toutou « Mon bébé ! » et se désignait elle-même comme sa maman.

Isabelle se lève et dépose sa tasse dans l'évier.

— Merci pour le gâteau ! lui dis-je. Je ne manquerai pas de m'en régaler.

— Ce n'est rien, et on se reprendra quand tu iras mieux pour ce qui est du barbecue. Je crois bien inviter quelques voisins aussi, pour faire connaissance. Que dirais-tu d'une épluchette de blé d'Inde ? En août, peut-être…

Alors qu'elle enfile son ciré, elle jette un coup d'œil en direction du salon, puis vers ma chambre, et elle ajoute :

— T'as pas d'espace pour un bureau ici ? Un prof comme toi doit avoir des tas de bouquins, un ordinateur et tout, non ?

— Je n'ai pas d'ordinateur, non. Habituellement, il y a ce qu'il faut dans les écoles. Et pour ce qui est du bureau, tu as raison, il m'en aurait fallu un, mais je n'ai pas de place ici. J'aurais peut-être dû aménager un salon moins vaste et ainsi récupérer de l'espace pour une quatrième pièce.

— Et cette trappe ? demande-t-elle en désignant le plafond du couloir menant à ma chambre. Ce n'est pas un accès au grenier ?

Le grenier… Je n'y ai pas mis les pieds depuis le début des rénos.

— Oui, tu as raison. Mon père avait prévu des combles habitables quand il a construit cette maison. Les lieux servent au remisage, mais c'est une bonne idée, je pourrais y installer un bureau. Je t'engage, ma chère ! Tu me conseilleras pour l'aménagement !

Les sourcils de nouveau en accents circonflexes, elle me jette un regard amusé, puis me serre la main vigoureusement. Cette fille a un je-ne-sais-quoi dans l'attitude… C'est comme si je la connaissais depuis toujours.

— Bon, bien, bonne journée et prompt rétablissement, monsieur le propriétaire, ajoute-t-elle.

Elle rassemble ses cheveux défaits en une queue de cheval qu'elle ramène vers l'avant, sur la poitrine, puis se couvre de son capuchon.

En la voyant ouvrir la porte, je me rappelle soudain :

— Madame la locataire, je ne vous ai pas encore montré votre espace de remisage à la cave… Veux-tu que je t'y accompagne tout de suite ? La clé pour ouvrir les portes extérieures de la cave est la petite brune accrochée à l'anneau que je t'ai remis à ton arrivée.

— Non, pas aujourd'hui. On verra ça plus tard, si ça te va. J'ai du boulot : mes friteuses m'attendent chez Jack Rétro !

J'oubliais. Les gens normaux travaillent pendant l'été.

Je la suis un instant du regard pendant qu'elle descend l'escalier extérieur. Ce déhanchement sous le ciré… Elle est si jolie, et tellement sympathique… Un peu dingue des chats, mais enfin. Je suis bien un peu fêlé, moi aussi ! Je ne pouvais mieux tomber.

Je referme et me sers un second café. Les mains sur la tasse pour capter un peu plus de cette chaleur qu'elle propage, je balaye mon chez-moi du regard. Malgré mes efforts des derniers jours, je m'y sens à l'étroit. Ça manque d'espace ici. Et ce coin bureau… Isabelle a raison. Le grenier, quelle bonne idée ! Mais c'est très sombre là-haut. Voyons, je pourrais y remédier en… Comme je lève la tête vers la trappe, un soudain élancement me traverse le crâne. Plus tard, les projets d'aménagement. Plus tard.

La pluie pilonne toujours la chaussée.

15 h 30

Je me suis assoupi sur le sofa après avoir déjeuné. Cette sieste s'imposait, mais les courbatures de la veille m'ont réveillé : elles ne m'autorisent plus cette posture. Je m'étire lentement, me redresse, et comme je m'y attendais, des étourdissements me commandent de m'immobiliser. Je reste assis, les yeux clos. J'ai faim. Rouvrant lentement les yeux, je repère sur le comptoir le cadeau que m'a offert Isabelle, toujours enveloppé dans son linge à vaisselle.

En avalant une deuxième tranche de gâteau, debout, je m'attarde à la trappe qui dissimule l'escalier rétractable.

J'enveloppe ma collation pour éviter qu'elle ne sèche et attrape l'anneau qui pend du plafond pour abaisser et déplier cet escalier.

Une fois là-haut, je lève les yeux, saisis la chaînette métallique et tire un petit coup. L'ampoule poussiéreuse éclaire à peine les combles. Du coup, je renoue avec le théâtre de mes parties de cache-cache d'antan. Malgré le désordre, j'évalue le potentiel des lieux et j'entrevois soudain une autre possibilité que celle qu'évoquait Isabelle tout à l'heure. Pourquoi ne pas y aménager ma chambre ? Je pourrais installer mon bureau dans la pièce exiguë et trop éclairée où je dors en ce moment...

Alors que je suis déjà en train d'estimer la quantité de matériaux nécessaires pour réaliser le projet, je heurte un objet du bout des orteils, au pied d'une pile de caisses dont la dernière déborde de livres. C'est le journal que tenait ma mère. Je présume qu'il a dû en glisser. C'est ici que j'avais entreposé tout un tas de trucs à déplacer quand j'ai entamé la transformation du rez-de-chaussée. Que vais-je faire de tout ça maintenant ? Il s'y trouve tant de souvenirs. Je ne suis d'ailleurs pas sûr de vouloir dépoussiérer certains d'entre eux. Mais la chaîne de ma mère est peut-être ici !

Un peu plus loin, un vieux secrétaire croule sous des piles de boîtes et une série d'albums de photos. Juste à côté, posée par terre, je retrouve ma précieuse caisse de bandes dessinées de superhéros. Je les ai lues et relues, lampe de poche en main, caché sous les draps. Et comme bien des petits garçons, j'ai rêvé de pouvoir voler moi aussi, comme Peter Pan et Superman, et de pouvoir casser la gueule de toute une légion de méchants.

Si je veux m'installer au grenier, il faudra que je dégage tout ce fatras. Je vais devoir attendre quelques jours, le temps de me sentir un peu plus solide sur mes jambes et dans ma tête.

Avant d'éteindre, je récupère le journal « Bébé joufflu ». Quelque chose s'en échappe pour entreprendre une sorte de valse planée. Une carte sur laquelle apparaît une photo. Malgré une loufoque tentative de la main et du pied pour l'attraper au vol, elle se pose sur le plancher. Je reconnais cette moustache, ces yeux rieurs : papa. Il s'agit de la carte de remerciements imprimée à la suite de son décès accidentel, il y a près d'une quinzaine d'années. Maman a dû la glisser là.

Je n'avais que dix ans quand l'accident s'est produit. « Madame Blanche Langevin et son fils unique, Mikaël, vous remercient bien sincèrement des marques de sympathie que vous leur avez témoignées lors du décès de François Langevin. La mort d'un époux, d'un père... »

J'ai dû m'interrompre. Un frisson inattendu a remonté mon dos, est venu picoter mon cuir chevelu, puis mes yeux se sont mis à piquer. Voilà précisément ce que je désirais éviter. Bébé joufflu m'a bien eu : la mort de mon père m'a jadis littéralement jeté par terre. J'ai erré pendant des jours dans la geôle aux murs de brouillard où je m'étais enfermé. Je voulais mourir moi aussi, partir avec lui. Mais maman vivait, elle. Je ne pouvais la laisser. Je me sentais désormais responsable d'elle. Une responsabilité que j'ignorais comment honorer autrement qu'en demeurant là, moi aussi, comme elle, pour elle. Les jours et les mois se sont succédés, j'ai grandi et le temps m'a fait oublier mes envies de disparaître.

J'insère la carte dans le journal et redescends du grenier.

Une soudaine vague de nostalgie m'emporte, m'aspire vers le bas de l'escalier. La nostalgie devient empathie, et je décide, résolu, d'aller serrer la main d'Henri David aux funérailles de sa bien-aimée. Je ne suis pas de la famille, mais je resterai discret. Ça lui fera peut-être du bien. Moi, j'avais apprécié le défilé de tous ces hommes à moustache en uniforme, de toutes ces dames fardées, sombrement vêtues, venus pleurer leur collègue, leur ami, comme maman et moi. Je ne les connaissais pas pour la plupart, mais je me rappelle qu'alors, ça m'avait rendu encore plus fier de mon père.

Rendez-vous d'août
10 juillet 1993

14 h 20

Je me suis dit que ma présence pourrait apporter un peu de réconfort à Henri David, mais je ne croyais pas être entraîné dans un tel tourbillon d'émotions. Les funérailles ressassent tellement de sentiments enfouis.

La dernière fois que je me suis rendu dans une église, c'était au décès de ma mère. Aussi, cette fois, je redécouvre les lieux avec un peu plus de détachement pendant que j'attends mon tour dans la file pour offrir mes condoléances.

À ma grande surprise, l'église est bondée.

J'arrive enfin à l'apercevoir. Je le reconnais par ses cheveux en brosse. Il semble serein, plisse parfois les yeux, mais il tient le coup. Entre deux poignées de main, il jette un coup d'œil dans la file. Ses traits s'adoucissent soudain en serrant la main d'un homme que je ne vois que de dos, un chauve aux épaules larges, plus grand que David d'au moins une tête. Cette voix... C'est le père Dubras ! Ce dernier désigne quelqu'un d'un coup de menton, à la fin de la file, qu'Henri David semble ensuite arriver à identifier. Dubras lui met la main sur l'épaule d'abord, puis offre une accolade que David accepte volontiers après une brève hésitation. Ça y est, je vais brailler. J'inspire et expire, longuement.

Dès que Dubras le quitte pour laisser la place au suivant, Henri David jette de nouveau un coup d'œil à la fin de la file, et je suis alors stupéfait de voir ses traits se durcir. Je ne voudrais pour rien au monde que quelqu'un me dévisage de cette manière : j'aurais l'impression qu'on en veut à ma vie. Je me retourne moi aussi, discrètement, sans pouvoir deviner quel est l'objet de cette mise en joue. Quand je reviens à lui, il affiche de nouveau une mine neutre, peut-être même résolue.

La poignée de main que nous échangeons est franche. Il ne fait que me nommer, c'est tout : « Mikaël. » Ses yeux bleu-gris me fixent sans ciller, me dévisagent même. Après tout, c'est la première fois que nous nous faisons face.

— Mes condoléances, monsieur David.

Je veux ajouter quelque chose, une formule réconfortante, un truc gentil, mais ma gorge se serre. Comme je crains de me ridiculiser, je cède la place à la personne suivante et me dirige à l'écart, vers le fond de l'église. En expirant un bon coup pour éviter d'être submergé par l'émotion, je tente de nouveau d'identifier qui a bien pu glacer ainsi le regard d'Henri David. Un jeune homme aux cheveux roux retient mon attention. Pour dire vrai, je ne sais pas si c'est lui que David a vu, mais l'impression de le connaître m'amène à me questionner. Et soudain, je me rappelle : il s'agit de l'un des jeunes médecins que j'ai aperçus en troupeau à l'hôpital, le soir où j'ai dû m'y rendre au retour de ma folle descente du mont Wright.

— Hé ! Mikaël ! Viens t'asseoir ici ! me lance à voix basse le père Dubras.

— Merci ! C'est gentil. Ça fait drôle de vous voir ici, dans l'assistance. Vous ne participez pas à la cérémonie ? lui demandé-je en me rendant compte, à l'instant où mon intonation arrive au point d'interrogation, de la sottise de ma question : il a défroqué depuis belle lurette.

— Oui, j'y participe. Je suis chargé de la lecture d'un court et très beau texte tiré de l'Évangile selon saint Jean. Mais j'interviens à titre d'ami et d'ancien collègue. Ce curé-là ne me connaît pas de toute façon, alors ma désertion d'antan ne risque pas de poser problème. Je crois toujours en Dieu, tu sais. Et au fond, c'est tout ce qui compte.

Là, je crains que la discussion ne bifurque vers des questions de foi et de pratique religieuse.

— Et toi ? Tu passes un bel été ? Mais qu'est-ce qui t'est arrivé ? ajoute-t-il en m'examinant le front.

Ma plaie cicatrise bien. L'hématome qui me colore le front commence à se déplacer, donc à se dissoudre. Le violet a pâli, a jauni. J'ai encore une sale gueule, mais au moins, les couleurs changent.

— C'est un bel été, oui. Un été mouvementé. Et cette blessure, c'est une longue histoire.

Sans entrer dans les détails, je lui résume mes mésaventures de randonneur et ma rencontre avec la femme d'Henri David. Je fais également le point sur ma remise en question en revenant brièvement sur les agissements de Fourbier.

— Passe me voir au collège quand le cœur t'en dira, quand tu seras prêt à m'apporter ton CV. J'ai deux ou trois choses à te dire au sujet de Fourbier. Je l'ai bien connu, tu sais. Je pars pour l'Europe lundi. Je serai de retour au début d'août. Téléphone-moi à ce moment-là, si tu préfères, et nous prendrons rendez-vous.

Il pique ma curiosité. Il m'a fixé avec gravité en me proposant cet entretien.

À l'avant de l'église, devant l'autel, le bedeau vient de modifier l'aménagement des lieux. Il déplace le cierge pascal et transporte des fleurs au pied du cercueil. La file se disloque et Henri David va s'asseoir au premier banc, seul.

— Dis donc, par curiosité, qu'est-ce qui t'a finalement convaincu de demeurer enseignant ? Tu semblais si excédé quand nous en avons discuté au café.

Les premières notes hurlées par l'orgue monumental de l'église retentissent, m'empêchent momentanément de lui répondre. Difficile de ne pas avoir la chair de poule après un tel sursaut. La cérémonie débute. Sur le banc devant nous, une dame âgée au teint cireux se tourne et nous dévisage juste après s'être levée, ce qui, combiné aux premiers accords de l'hymne mortuaire, nous incite à clore cette discussion. Je lui souris poliment. Excellent casting pour le prochain remake de *L'Exorciste*.

— Je vous téléphonerai. Vous allez où ? dis-je en chuchotant.

— En France : Paris, Normandie, Provence, Côte d'Azur. La totale ! termine-t-il en prenant un accent plus marseillais que parisien.

Il se lève. Je l'imite. Avec deux ou trois secondes de décalage, la vieille d'en avant se tourne derechef et nous adresse une moue qu'elle veut désapprobatrice, mais qui menace plutôt de me faire éclater de rire.

La cérémonie se termine sobrement et je rentre, pensif. Triste, oui, mais je m'étonne de constater que cette sortie et le fait d'avoir rencontré Henri David et revu le père Dubras m'ont, somme toute, permis de relativiser les choses.

Éléments de construction
14 juillet 1993

8 h 05

Je bondis d'un rocher et me retrouve au grenier. Le soleil m'accable. Comme j'observe une femme superbe qui allie les attributs de la serveuse de Phano, les sourcils en accents circonflexes d'Isabelle, les cheveux et le parfum de Jolianne – assise à califourchon sur une poutre inclinée, elle ne porte qu'un sac à clous –, le téléphone me tire brutalement de mon sommeil, et de mes projets de… rénovation.

— Oui, dis-je d'une voix enrouée.

— Mikaël Langevin?

Cette voix de baryton, c'est celle d'Henri David. Un lève-tôt, contrairement à la marmotte que je suis. Il poursuit après le faible bonjour que j'arrive à articuler.

— Je te donne rendez-vous dans le stationnement du parc du mont Wright à neuf heures précises lundi prochain. Ça te convient?

— Lundi… euh… oui, c'est parfait. J'y serai. Vous allez bien ?

— Ça va. À lundi.

Je n'ai même pas le temps de le remercier que déjà il raccroche. Je me frotte les yeux. La force du soleil est telle que, d'emblée, je comprends que s'annonce une autre belle journée d'été.

Je retourne vers ma chambre, attiré par mon oreiller – et la belle charpentière de mon rêve –, mais la chaleur qui émane de la pièce me dissuade de m'y réfugier. Un bon café m'apparaît préférable.

Tandis que je me rends à la cuisine, une idée alléchante me fait rebrousser chemin : n'est-ce pas un matin idéal pour La crème des cafés ? Un bon allongé comme ceux que prépare Phano et un croissant chaud en lisant le journal ! Pourquoi pas ?

Au moment de m'habiller, l'obligation de consacrer un peu de temps à l'une des tâches domestiques que j'ai négligées me saute aux yeux : la lessive ! J'entreprends alors de transporter à la salle de bain quelques-unes des piles de vêtements sales qui s'amoncellent depuis quelques semaines près de mon lit. J'opte pour une brassée de pantalons. Ils mettent plus longtemps à sécher.

J'ai vécu seul avec ma mère pendant près de douze ans et j'ai appris des tas de trucs en l'observant. Je la revois entonner ses refrains préférés de Dalida et de Lenorman en portant, en appui sur sa hanche, ce grand panier à linge blanc que je possède toujours. Dans la version précédente de cette maison, au rez-de-chaussée, je la voyais travailler depuis la table de la cuisine, où je m'installais pour faire mes devoirs. Elle retournait toujours les pantalons après en avoir vidé les poches.

Je l'imite donc, par automatisme, et retrouve les quatre listes de notes de mes élèves dans la poche arrière d'un jean. Je pose les résultats de mon enquête clandestine sur la tablette grillagée, juste à côté d'une bouteille de Spray n' Wash. Les menaces de Fourbier et son visage empourpré me reviennent à l'esprit.

9 h 45

— Voilà pour monsieur le professeur en vacances : allongé fumant, croissant au beurre et – cadeau de la maison pour souligner l'anniversaire de ma mère patrie – une assiette de notre meilleur fromage : le Petit Munster Géromé. Sous la croûte dorée, amoureusement lavée avec des ferments du rouge, se cache l'essence de l'Alsace !

— C'est bien vrai : nous sommes le 14 juillet ! Bonne fête, Phano !

Une terrible odeur de chaussette me happe. L'arôme du morceau de fromage, placé au centre d'une petite assiette bleu blanc rouge et assorti de croûtons de baguette à tartiner, est à tuer les mouches.

— Vous m'en donnerez des nouvelles, cher ami !

Phano a l'humeur à la fête. Comme je tente de voir s'il reste un journal disponible à l'extrémité du comptoir, il en attrape un pour moi, d'un geste vif, et me l'apporte. Tout autour, les autres clients s'amusent de sa jovialité. Décidément, cette journée commence bien.

10 h 50

Je termine ma troisième tasse de café et je referme le journal. Puis, sans prévenir, un peu comme si une partie de moi n'arrivait pas à accepter les petits plaisirs de l'instant présent, Fourbier, le vandalisme, mon congédiement, mon avenir incertain, ces écueils reviennent au premier plan, me ramènent en pensée au mois de juin.

Comme je songe à partir, les poutres ajourées du plafond retiennent mon attention. L'impression de hauteur et la chaleur qu'elles confèrent à la pièce me donnent une idée que je m'empresse de croquer sur une serviette de papier. Je sais que les planchers et les plafonds de ma maison sont soutenus par le même type de poutres : et si j'ouvrais le plafond du salon en les dégageant, de manière à profiter d'une sorte de toit cathédrale pour la grande pièce ? Ma chambre, aménagée dans l'autre moitié du grenier, apparaîtrait en mezzanine ! Le salon gagnerait en hauteur, et le grenier, que je considère comme trop sombre et fermé, s'en trouverait aéré et indirectement éclairé…

— On refait le monde, cher Mikaël ? me lance Phano en venant m'offrir un dernier café, que je refuse.

— Seulement une ou deux pièces de la maison. Le monde, ce sera pour plus tard.

12 h 10

De retour chez moi, je m'empresse de gravir l'escalier jusqu'au grenier, que j'ai passablement dégagé et nettoyé dans les derniers jours. Je trouve un pied-de-biche et une lampe de poche en métal dans l'énorme boîte à outils de mon père. Je fais quelques pas, puis, estimant que je me trouve maintenant au-dessus du salon, je m'arrête.

Après avoir retiré quelques-unes des lattes qui couvrent les solives, j'allume la lampe de poche et examine les matériaux qu'il me faudrait arracher pour arriver à dégager le plafond du salon. La tâche me paraît simple, réalisable à peu de frais, et le résultat pourrait bien conférer à mon loft le cachet que je recherche. Côté structure, quelques variables inconnues me font tout de même hésiter.

Mon père disait toujours que ses deux meilleurs outils pour la charpenterie, après l'équerre et le niveau, il ne les gardait pas dans son coffre. Le premier, c'était *Éléments de construction* de Benjamin Cyr, un manuel datant des années soixante. Son exemplaire était si abîmé qu'il avait l'aspect d'un grimoire. Il doit se trouver dans l'une des caisses empilées ici, au grenier. Le second outil, c'était Maurice O'Connor, le complice de mon père. Il savait y faire avec les charpentes, disait souvent papa en le désignant. Pour éviter de gaffer, il faudrait que je lui demande conseil. Il avait accepté de m'aider pour l'installation de l'escalier en colimaçon. Ça me ferait plaisir de le revoir. Si tout fonctionne, j'aurai donc une nouvelle chambre, un salon plus ouvert et une pièce où travailler.

Pendant que je redescends l'escalier, une appréhension enfouie par le repos des derniers jours refait surface. Et si je ne retrouvais jamais de boulot en tant qu'enseignant? Ou pire: si on m'accordait une seconde chance, saurai-je tirer profit de mes erreurs passées, de manière à éviter de les répéter et de tout gâcher pour de bon? C'est bien beau, ces projets de toit cathédrale, de chambre à coucher au grenier et de bureau, mais ce seraient de bien tristes lieux si je devais y vivre sans plus jamais pouvoir retourner en classe.

Face-à-face
19 juillet 1993

8 h 55

Je sors de ma Volkswagen et l'aperçois aussitôt. Il est assis sur une grosse pierre près de l'écriteau souhaitant la bienvenue aux visiteurs. Je me presse d'enfiler mon sac à dos pour éviter de le faire attendre. Cette fois-ci, j'ai deux bouteilles d'eau et du chasse-moustique. Le ciel est gris, comme la première fois. Un vent léger souffle sans relâche. Il a plu pendant la nuit.

— Mikaël Langevin, dit-il. Bienvenue au mont Wright.

Nous nous serrons la main. Bien qu'il s'agisse d'un petit homme, sa poigne franche, ses cheveux en brosse, sa chemise kaki de style safari et ses bottes de marche lui donnent une allure militaire que renforce sa voix d'annonceur de radio. Il sourit et plonge son regard dans le mien comme s'il y cherchait quelque chose. Il me paraît serein malgré le deuil qu'il traverse.

— Comment allez-vous ?

Il ajuste les courroies de son sac, puis baisse les yeux.

— Ma femme est morte des suites d'une longue maladie. Nous avons vu la fin approcher. Mon deuil est commencé depuis plusieurs mois déjà. Disons que je garde le cap, mais que la tempête fait toujours rage. Allons-y, lance-t-il en donnant un coup de tête du côté du sentier qui permet d'accéder au site.

Je marche derrière lui. Le sentier est trop étroit pour nous permettre de déambuler côte à côte.

— Vous connaissez bien cette forêt, n'est-ce pas ? demandé-je après quelques minutes.

Je trouvais le silence un peu gênant, j'ai voulu le briser, être de bonne compagnie. Il s'arrête et se retourne en me fixant droit dans les yeux.

— Je nous conduis à une halte où nous serons à l'aise pour discuter. Première leçon, Langevin : une chose à la fois. Là, nous marchons. Tout à l'heure, nous discuterons.

Il plisse les lèvres, mimique en laquelle je crois reconnaître un sourire consenti. « Langevin. » On me nomme rarement ainsi. Mais venant de lui, cette familiarité ne me froisse pas. Il se retourne sans attendre de réponse et poursuit son avancée. Je lui emboîte le pas. Dubras n'avait pas tort quand il décrivait son attitude et ses humeurs.

En traversant la clairière ouverte pour le passage des lignes à haute tension, j'aperçois la trouée dans les arbres qui m'avait intrigué le 5 juillet dernier. Ce portail franchi, je retrouve avec fascination la forêt ancienne. Et comme la dernière fois, je me mets à trébucher. Constamment. Le problème est simple : dès que je m'attarde à quelque chose qui me captive, je bute contre un rocher ou une racine. Chaque fois, j'arrive à me rattraper. Chaque fois, je reprends la marche en regardant par terre, mais les lieux, insidieusement, réussissent à me distraire et à me faire oublier cette simple précaution qui consiste à regarder où je vais. Henri David jette un bref coup d'œil derrière, comme s'il venait de m'entendre éviter une autre chute. Je braque de nouveau les yeux au sol, devant moi, et... je lui rentre dedans. Il ne se retourne qu'à moitié et m'adresse un bref sourire.

— Désolé ! lui dis-je aussitôt.

Heureusement, il ne semble pas offusqué. Il se remet en route sans me répondre. Je l'imite en calant sur ma tête ma casquette, qui s'est déplacée à l'impact.

Après à peine deux mètres, il s'immobilise soudain, et je lui rentre encore dedans. Moins fort que la première fois, quand même. Pendant que je me confonds en excuses, il reprend sa marche sans même se retourner. Ses épaules sautillent.

Je reconsidère le personnage, que je croyais avoir cerné. Là, il me déstabilise. Je le laisse prendre une avance de plusieurs mètres et me jure de ne plus me montrer aussi distrait.

Nous parvenons enfin à un élargissement de la clairière autour d'un petit pont de bois de fabrication rustique. Il enjambe un ruisseau. Le clapotis de l'eau qui y court m'apparaît plus enjoué qu'à ma dernière traversée. Passé cette construction rudimentaire, David prend sur la gauche jusqu'à un arbre déraciné, couché le long du sentier. Il m'invite à m'y asseoir en le désignant de la main. Il retire son sac à dos. Je fais de même.

— De l'eau ? proposé-je.

— Merci. J'ai ce qu'il faut, répond-il. Avant que tu me dises ce que tu attends de moi exactement, je voudrais m'assurer que tu as bien compris mon premier conseil. Sinon, inutile d'aller plus loin.

Il trouve et soutient mon regard. Je ne sais trop si je dois répondre, mais je l'observe moi aussi. Ce face-à-face, prunelles à prunelles, finit par me gêner.

— Marcher en forêt paraît simple, reprend-il, mais il s'agit d'une activité qui exige une grande disponibilité d'esprit. Si tu bavardes en marchant, ton attention ira forcément là où tes propos te mènent, et tes pas achopperont.

Je l'observe. Il m'observe. Il parle calmement. En fait, il me parle avec une intensité qui semble vouloir dire : « Écoute bien, Langevin, car je ne répéterai pas ce que j'ai à te dire, et c'est fichtrement important. »

— Ton regard et ton attention doivent être en accord avec ton activité : la marche. Sinon, tu vas tomber, et peut-être même te blesser.

Il désigne mon front du regard.

— En forêt, ton attention doit être de la randonnée elle aussi. Par terre et devant. Devant et par terre.

C'est évident. Bêtement évident. J'espère qu'il a autre chose à m'apprendre.

— C'est simple, Langevin, c'est vrai. Mais tu ne le fais pas. Et tu continues à trébucher.

Un cri de tamia perce le silence et son écho se disperse dans notre sanctuaire. Des randonneurs arrivent au petit pont de bois. Je ne les ai pas entendus approcher. Deux femmes et un homme. Ils nous saluent discrètement et suivent leur chemin.

— Si tu veux observer un arbre, admirer quelque attrait qu'offre la forêt, tu t'arrêtes, tu te rinces l'œil, et tu reprends ensuite. Vu ?

Je fais signe que oui. Il éclate de rire, déridant ainsi son front spectaculaire, un livre ouvert, devrais-je dire, tant il est expressif. À ce moment précis, je songe à l'œuvre de Yamamoto, *Hagakuré*. Y a-t-il un deuxième niveau, un message caché et plus profond derrière ce que mon guide essaie de me dire ?

— Des questions, Langevin ? me demande-t-il en souriant, plus détendu qu'au départ. On fait encore un bout de chemin et à notre prochaine halte, c'est moi qui vais t'écouter.

Nous reprenons la randonnée et atteignons bientôt le sentier du Sommet. La température est idéale : pas trop chaude, pas trop fraîche, pas trop humide. Un détail m'intrigue : des cavités oblongues, apparemment creusées par quelque animal, apparaissent à environ deux mètres de hauteur sur le tronc d'un arbre qui, si je me fie à son feuillage, semble pourtant en bonne santé. Étonnant que de telles blessures... Et je trébuche de nouveau ! Je me rends aussitôt compte que je suis en train d'oublier ce que David vient tout juste de m'expliquer. Cette fois, je ne dois plus me laisser prendre au piège.

Je saisis les courroies de mon sac à dos, les pouces dessous, et reprends ma route, résolu. Cette fois, ce sera la bonne.

Après presque vingt minutes sans encombre, alors que nous gagnons en altitude, Henri David me propose une halte sur un rocher plat près de la voie que nous suivons.

Nous buvons un peu d'eau puis, comme il m'y a invité, je prends la parole. Cette fois, même si j'ai souvent raconté mes déboires à des gens de mon entourage, je m'étonne de ma capacité à aller droit au but en fixant

David dans les yeux. Il m'écoute et m'observe avec une telle intensité que je sens, désormais, qu'il s'agit de la meilleure façon de communiquer. Habituellement, je ne soutiens pas ainsi le regard des gens. J'ai toujours eu l'impression que c'était impoli.

Au bout d'un moment, j'arrive au terme de mon récit, que je conclus en reformulant ma demande.

— Vous avez été un excellent enseignant : je sens que vous pouvez m'aider à identifier mes lacunes et à les corriger.

— Et pourquoi tiens-tu à t'améliorer si vite ?

— Je veux devenir l'enseignant que je souhaitais être en choisissant cette carrière. Quand je regarde derrière, je me désole. Je suis passé à côté. Et je n'aurai pas une douzaine d'autres occasions de prouver ma valeur.

— Pourquoi mises-tu autant sur l'enseignement ? ajoute-t-il.

Autre pourquoi. Il cherche quelque chose que je ne lui ai pas encore dit.

— Je... Mon père était policier. Ma mère, infirmière.

Je ne croyais pas avoir besoin de parler de ça. La discussion m'y conduit. Il est trop tard pour reculer, alors je poursuis.

— Ils avaient tous les deux la conviction que leur profession était essentielle à l'équilibre de la société. Ils se savaient utiles.

Voilà. C'est ce qu'il cherchait. Je le comprends grâce aux plis qui s'esquissent sur son front.

— Les policiers et les infirmières interviennent quand les problèmes sont déjà présents. Les enseignants, eux, interviennent pour prévenir ces problèmes.

Je revois papa et maman, me remémore, pour l'essentiel, ce qui m'a un jour poussé à choisir l'enseignement plutôt que n'importe quelle autre carrière.

— Mes parents ont tous les deux perdu la vie en raison de la négligence de quelqu'un. La voiture de patrouille que conduisait mon père a été emboutie par un camionneur qui transportait un plein chargement de neige fraîchement soufflée dans sa benne. Il faisait nuit. Le conducteur, qui gardait une flasque de gin entre les jambes, avait l'habitude d'omettre ses arrêts obligatoires. Quant à ma mère, c'est un peu la même chose. Elle sentait une bosse dans son sein, mais après un premier examen bâclé par le seul médecin qu'elle a pu voir, on a cru que ce n'était qu'un kyste, que rien ne pressait. C'était en tout cas l'avis du médecin. Dix-huit mois plus tard, après avoir consulté un autre médecin, on a découvert des métastases non seulement dans son sein, mais aussi un peu partout dans ses organes internes. Il était trop tard. Elle sentait depuis longtemps que ça n'allait pas, mais elle avait eu confiance. Je considère qu'elle a été trahie. Des traitements ont été entrepris, sans grande chance de succès. Elle ne les a même pas terminés.

Je n'avais encore jamais déballé tout ça de cette manière. J'ai tout dit, je crois. Je suis vidé. Tout devient clair pourtant. Je crois profondément en l'éducation. Henri David passe la main dans ses cheveux, puis regarde un peu partout autour. Je termine ma première bouteille d'eau en deux gorgées. Il revient à moi, me donne une bonne tape sur l'épaule. De ces tapes qui se veulent encourageantes.

— Tu as un frère, une sœur ? me demande-t-il.

— Non. Je suis seul.

Seul. C'est le mot qui s'est imposé après les funérailles de ma mère. Il y avait bien Jolianne, c'est vrai, et des tas de gens que je ne connaissais que très peu. Mais je me suis senti seul. « Je suis le dernier », ai-je alors pensé.

Je ne connais presque rien de mon histoire familiale. Ce que je sais de mes ancêtres provient de ma mère, de mon père, de vieilles photos encadrées, et d'autres, jaunies, empaquetées sous les vieilleries reléguées à la cave ou au grenier. Que des fragments d'un passé que j'ai du mal à recomposer.

Ma mère était comme moi enfant unique. Mon père l'est aussi devenu quand, vers l'âge de sept ans, son petit frère s'est noyé. Il était fils de policier, profession qu'il a lui aussi choisie. Enfant, il a vite admiré l'uniforme et le rôle que son propre père jouait dans sa communauté. Ma mère était fille de cultivateurs, des agriculteurs qui se sont sentis maudits de n'avoir pu engendrer qu'une seule descendante. Une héritière qui les a quittés pour la ville, pour devenir infirmière. Ses parents sont morts jeunes ainsi désertés : la terre les a usés et sans la force du nombre, sans descendants voués à la relève, ils n'ont pu durer. La mort est devenue leur retraite.

Tous, pourtant, étaient issus de familles nombreuses, à une époque où la vie était plus dure. À une époque où la vie était plus simple aussi.

— Seul, dis-je de nouveau, émergeant des limbes embrumés de ma généalogie. Et comme je n'ai pas entretenu mes amitiés de jeunesse…

— Je comprends. Je te dirai ce que je sais, Langevin. Tu as la meilleure motivation qui soit : tu crois en ce que tu fais. L'éducation est une valeur pour toi, plus qu'un boulot. Et qui plus est, tu en saisis l'essence.

Après quelques instants de silence pendant lesquels mon regard erre entre les arbres et sous leurs plus hautes branches, nous reprenons la marche jusqu'au sommet. Je chemine sans trébucher désormais. Et, si j'en crois mon hôte, je sais où je vais – où je dois aller – bien plus que je ne le croyais.

Déclics
20 juillet 1993

11 h

Au moment où je regarde dans la rue par la baie vitrée du salon, un café tiède à la main, j'aperçois mon petit voisin, Ludovic, qui habite avec son père la maison située entre ma demeure et celle où vit Tran. Je pose mon café et récupère la caisse de bandes dessinées de superhéros que j'ai descendue du grenier. *Superman*, *Batman* et *L'incroyable Hulk* quittent la poussière et l'isolement aujourd'hui même !

Fébrile, je dévale l'escalier, la caisse de BD dans les bras. Je ralentis aussitôt que je reprends mes esprits : je ne serai pas très avancé si je chute de nouveau. Mon crâne ne le supporterait pas.

Ludovic doit avoir neuf ou dix ans. Il porte de petites lunettes rondes sous des cheveux châtains en broussaille. Einstein, version miniature. Assis dans l'escalier devant chez lui, il caresse Lili, la chatte d'Isabelle, négligemment couchée sur le côté.

— Bonjour, Ludovic. Ton père est là ?

Il hoche un oui très explicite, assorti d'un spectaculaire haussement de sourcils.

— Dis donc, elle te suit partout, cette chatte ?

Lili ouvre un œil, bâille en s'étirant et touche d'une patte la jambe de Ludovic. Puis, elle referme l'œil et ronronne faiblement.

— C'est un chat, pas une chatte. Tu veux voir ? m'offre-t-il.

— Non, ça va.

Isabelle parle pourtant bien de « sa » Lili... Se pourrait-il qu'elle se trompe ? Pourquoi donner un prénom féminin à un mâle ?

— Qu'est-ce que t'as, là, dans ta boîte ?

— Tu aimes les BD ?

Ludovic fait de nouveau oui de la tête. Il se lève et vient soulever le couvercle de la caisse. En me voyant approcher des marches de l'escalier, la chatte... le chat se lève, dos rond, et détale.

— Tu t'y connais en superhéros ?

Autre hochement affirmatif. Ses yeux brillent d'une rare intensité quand il retire les exemplaires du dessus. Sur la couverture, l'Incroyable Hulk affronte des méchants aux noms tous plus évocateurs les uns que les autres : l'Abomination, la Gargouille et Rhino, un homme rhinocéros qui, dans cette scène, administre au géant vert un puissant coup de tête en pleine poitrine. Hulk retiendra toutefois la leçon et utilisera la même attaque pour achever son rival. Une vraie tête dure. C'est bien ainsi que le médecin m'a surnommé quand il m'a diagnostiqué un trauma crânien.

— Fracture du crâne, doc ? lui avais-je demandé, inquiet.

— Non, traumatisme crânien, jeune homme. À l'endroit où tu t'es cogné, la paroi de la boîte crânienne est épaisse… Il n'y a que très peu de risque de fracture. Cette partie du crâne est une arme redoutable que tous les bons lutteurs n'hésitent pas à brandir en cas de besoin ! « Coup de boule ! » comme disait Édouard Carpentier. Tu connais la famille Rougeau ?

— Oui, oui, mais donner un tel coup, c'est un trauma crânien assuré, non ?

— Non, non. C'est plus dur pour les cervicales. Les coups assenés avec la tête sont paradoxalement moins risqués que ceux qu'on y reçoit ! La prochaine fois, prends l'arbre de vitesse et attaque-le en premier, avait-il ajouté en rigolant.

Enthousiaste, Ludovic me demande :

— Tu me les prêtes ?

— Je te les donne, mon grand. Je les ai lues plusieurs fois et il est temps que quelqu'un d'autre en profite.

Ludovic remonte ses lunettes sur son nez en poussant sur les verres, déjà passablement embrouillés de nombreuses marques de doigts, et appelle son père en ouvrant la porte de la maison, où il s'engouffre. Elle reste ouverte derrière lui. J'ai fait un heureux. Tant mieux.

Comme je tourne les talons pour rentrer chez moi, le garçon ressort sur le perron et trépigne d'excitation, suivi de son père. L'homme s'extasie comme un enfant en examinant un exemplaire que lui tend son fils. Il me salue de la main, hochant légèrement la tête en guise de merci. Il frotte affectueusement la tête de son fils et l'aide à soulever la caisse de BD que Ludovic n'arrive pas à faire bouger du sol. Il y a quelque chose de touchant dans la relation qu'entretient cet homme avec son fils.

Je gravis mon bel escalier en grimaçant : même si ma deuxième randonnée au mont Wright s'est beaucoup mieux déroulée que la première, j'en reviens tout de même avec quelques courbatures. Si ça continue comme ça, j'aurai des cuisses et des mollets d'acier à la fin de l'été.

12 h 20

Quel four, ce grenier ! Y travailler est si pénible par cette chaleur ! Même la poussière peine à se soulever. Il faudra que je demande à Maurice comment y améliorer l'isolation et la ventilation. Je ne veux surtout pas, l'hiver venu, me réveiller transi dans des draps empesés par le froid.

Comme je me débarrasse du dernier tas de poussière et de sciures balayées dans un sac-poubelle désormais pansu, je m'étonne de l'étendue de la pièce. Même lorsque j'aurai éventré une section du plancher pour ouvrir en hauteur la partie réservée au salon et à la salle à manger, il restera suffisamment d'espace pour installer mon lit et aménager une penderie convenable.

Dehors, l'ombre des ormes est délicieuse. Au moment de refermer la poubelle où je viens de jeter le sac, je constate quelque chose que j'aurais dû remarquer depuis longtemps : il ne subsiste que quatre arbres sur la toute petite bande de terrain qui entoure la propriété que mes parents m'ont léguée. Quand j'étais enfant, il y en avait plus, mais les orages, les tempêtes de neige, le verglas et les maladies ont eu raison d'eux. Les branches de quatre ormes surplombent partiellement la toiture.

Une sentinelle à chaque coin de mon domaine. En contemplant la frondaison qui fait écran au ciel, je retrouve quelques-uns des éléments qui, dans la forêt ancienne, m'avaient ému. Toute cette magnificence ici, chez moi, tout près.

— Mikaël ?

Isabelle vient de passer la tête par la fenêtre qui donne sur la cour, au-dessus de son évier. C'est par là que ma mère m'appelait quand il était temps de rentrer.

— Je sors te voir ! Bouge pas ! ajoute-t-elle.

Je l'entends bientôt approcher par l'allée caillouteuse qui borde la maison. Elle porte une petite pile de lettres, qu'elle me tend en arrivant près de moi.

— Dis donc, nous avons la même adresse même si nous habitons deux logements distincts ? Celles-là sont pour toi.

Elle me sourit et replace une mèche de cheveux derrière son oreille. Jolianne aussi faisait ce geste : je la revois instantanément. Elle préférait laisser ses cheveux détachés, alors il n'était pas rare que quelques mèches rebelles tombent devant ses yeux.

— Tu as raison. Cette question de numéro civique, je dois m'en occuper. Désolé. Tu habites le 14 et moi, le 14 et demi. Pour l'instant, pour les gens de la poste, c'est comme si mon appartement n'existait pas !

— Autre chose, ajoute-t-elle. J'ai joué les plombiers. L'évier de la cuisine était bouché, alors j'ai réparé le problème en moins de deux en dévissant le bouchon sous le coude du tuyau d'évacuation.

Elle affiche un fier sourire et bombe le torse. Tout un numéro, la belle Isabelle.

— Bon. Madame est débrouillarde. Je t'appellerai si la même chose m'arrive en haut !

Elle ne relève pas ma boutade : elle plonge sa main dans une poche de son jean et tente d'en extirper quelque chose.

— J'ai trouvé ça à travers les cheveux et les trucs dégoûtants qui bloquaient le passage de l'eau !

Elle brandit un jonc, qu'elle tient entre le pouce et l'index. Elle saisit mon poignet et dépose au creux de ma main l'anneau doré, que je reconnais immédiatement : le jonc de Jolianne. Elle était si peinée de l'avoir égaré... Avec le recul, j'ai l'impression que cet incident a en quelque sorte été le premier pas vers ce qui nous a perdus, tous les deux.

— L'anneau que ma mère avait offert à mon ex... quand ce n'était pas encore mon ex... Il appartenait à ma mère : un cadeau de mon père. Merci, Isabelle.

— Mes amis m'appellent Isa.

Je souris bêtement, et comme elle fait la même chose, nous finissons tous les deux par être un peu mal à l'aise. Elle rompt le silence – et le malaise – en désignant mes vêtements poussiéreux.

— Grand ménage ?

— Je bosse au grenier. J'ai réussi à le libérer de toutes les traîneries accumulées au fil des ans. Je vais suivre ton conseil, en partie du moins.

Je lui présente alors mon projet de long en large. À en juger par ses sourcils en accents circonflexes, elle me trouve plutôt... entreprenant.

— Un toit cathédrale ? Une chambre au grenier ? Dis donc, on échange nos logements l'an prochain ? me lance-t-elle à la blague.

— Pas question ! Mais j'y pense, si tu as deux minutes, je te fais visiter la cave et te montre ton espace de remisage. D'accord ?

Elle acquiesce et me suit jusqu'à la trappe extérieure. En m'y rendant, je prends la précaution de glisser
le jonc qu'elle a retrouvé dans l'anneau de métal qui
regroupe mes clés. Ainsi joint à mon porte-clés, je ne
l'égarerai plus.

Des relents d'humidité s'échappent de la cave
dès que j'en tire les portes. Les lieux font à peine plus
de cinq pieds de hauteur. En y descendant, Isabelle
pousse des exclamations tellement expressives que je
finis par me moquer d'elle. On dirait une petite fille
dans un musée ou devant la table d'un brocanteur. Ce
qui impressionne le plus Isabelle, c'est le coin atelier de
mon père, que j'ai conservé intact, même quand ma
mère ou moi avons acquis de nouveaux outils. Un
grand établi surmonté d'un panneau perforé qui doit
bien faire douze pieds de long et où chaque objet
trouve sa place. Et enfin, nous arrivons au coin que je
mets à la disposition de ma locataire. Elle me parle de
ses deux vélos et d'une malle encombrante sur laquelle
elle s'écrase presque quotidiennement le gros orteil. Je
lui offre mon aide pour trimballer tout ça, ce qu'elle
ne refuse pas.

Chaque fois que je me retrouve près d'elle, même
si ce n'est que la cinquième ou sixième fois que je la
rencontre, j'ai parfois l'impression, quand elle trouve
mon regard, qu'elle a quelque chose à me dire, mais
qu'elle n'ose pas.

Après avoir refermé le cadenas qui tient les portes
de la cave bien en place et avoir salué ma belle voisine,
je reste dehors un instant, à l'arrière. Je ne sais trop ce
qui s'est passé dans cette petite cour, mais aujourd'hui,
j'ai l'impression de la redécouvrir. J'y erre un peu,
observe les arbres, les arbustes, récupère des détritus

poussés par le vent le long de la palissade qui fait écran à la ruelle. Et en revenant à la maison, je la trouve soudain plus grande, plus belle. Un bruit de couvercle de poubelle qui claque me tire de ma contemplation.

— Tran ? crié-je en balayant l'air du bras.

Un « salut » que mon voisin considère comme bien enthousiaste si j'en crois son expression. Il est presque treize heures. Il a sans doute terminé sa journée de travail. En traversant la cour qui me sépare de la sienne, je remarque le chêne qui trône derrière le cottage du petit Ludovic : un géant aux racines saillantes et au tronc si volumineux qu'il faudrait être deux, peut-être même trois, pour en faire le tour avec les bras.

Quand Tran et moi discutons, nous en venons vite à l'essentiel. Les boniments ne s'éternisent jamais.

— Et ta laurendonnée avec le pauvre monsieur qui a perdu sa femme ?

Il aborde la question après s'être allumé une cigarette qu'il fume en la tenant entre les lèvres, les bras croisés devant lui. Personne d'autre que moi n'aurait compris ce qu'il vient de marmonner.

— Beaucoup plus agréable que la première fois. Surprenante même.

Il m'examine le front pendant que je parle, comme s'il tentait de retracer les marques de mon premier passage au mont Wright.

— Il t'aide à comprendre la grammaire ? Les règles et tout ça ?

— Non, non. La grammaire, ça va. Il y a quelques années, il a tout abandonné. Prématurément.

Tran m'observe, attend la suite. Il a l'air fatigué, un souffle de farine couvre sa tempe et son sourcil gauche.

— En fait, si je tenais tant à le contacter, c'est qu'il était, en quelque sorte, le meilleur dans ce qu'il faisait. Un maître, si tu préfères.

Tran soulève les sourcils et semble comprendre, soudain, pourquoi la possibilité de discuter avec Henri David revêt tant d'importance à mes yeux.

— Disons qu'il a une vision particulièrement lucide des choses. Je me rends compte, après quelques heures en sa compagnie, que je dois changer d'approche dans mon travail. Une question de point de vue, de regard même.

Soudain, en me démenant pour expliquer à Tran ce que j'ai retiré de cette première rencontre avec Henri David, je comprends la sensation d'allégresse qui me transporte depuis ce matin. Ce déclic alimente le plaisir que j'éprouve à relater les événements à mon ami, et tout en discutant, je continue à dévorer notre environnement des yeux, en quête de mouvement, de couleurs, de lumière, de détails singuliers. Je vois avec plus d'acuité, et je m'en émerveille. Et bien vite, en prenant du recul sur la discussion que nous avons, Tran et moi, je souris en mon for intérieur de n'avoir su trouver meilleur endroit pour philosopher que le coin des poubelles.

14 h 40

Au sortir de la douche, j'ouvre la fenêtre de la salle de bain. La vapeur s'échappe de la pièce et il ne me faut qu'un instant pour constater que même si les points de suture sur mon front ont été retirés et que la peau cicatrise bien, une marque rouge s'étend sous la racine de mes cheveux, reproduction d'une branche crochue, sans feuilles, gravée dans la chair : le souvenir fracassant de ma rencontre avec ce que je saurai dorénavant reconnaître comme un bouleau jaune. Elle y restera probablement toujours.

Attablé devant un sandwich à la dinde et un café noir, j'entreprends de feuilleter le journal de ma mère que je laisse traîner au salon depuis sa découverte. J'éprouve une étrange sensation d'attraction-répulsion face à cet objet. Je l'ai tant cherché. Je suis heureux de l'avoir retrouvé, mais depuis, je n'ose l'ouvrir. Il renferme de ces souvenirs qui me troublent et me ramènent aux abords de ce puits sans fond qui nous aura tous : la mort. J'aimerais vivre, vivre mieux avant de m'y engouffrer à mon tour. Mon étrange fin d'année scolaire m'a elle aussi jeté par terre, mais différemment. J'étais déçu de moi, je me sentais et me sens toujours trahi. Et malgré ma première randonnée avec Henri David, qui m'a éclairé sur mes valeurs, je ne sais trop quoi faire maintenant, ni où chercher une solution. Dans mon passé ?

Je tourne les pages sans oser relire ce récit hachuré entrepris par une mère si dévouée à son unique enfant. Je note au passage les dates inscrites à la première page de chaque épisode. Ma naissance en 1970, mes premiers mois, mes premiers pas en 1971. Mes premiers amis, ma première rentrée scolaire en 1975, quelques visites de la fée des dents, des anniversaires. Mes espoirs et les siens. Et la mort de papa, à la toute fin. C'était en 1981. Ces pages-là, je refuse de les relire. J'ai peur de m'y enliser.

Je recule de quelques pages avant l'annonce du décès. Les mots « bagarre » et « garçon roux » ressortent et m'intriguent. La réponse à une question qui date des funérailles de la femme d'Henri David s'ébauche alors. Les vapeurs de l'oubli se dissipent. Oui, bien sûr. Ce jeune médecin qui a ignoré l'appel à l'aide de la femme d'Henri David, celui-là même qu'il a dévisagé à l'occasion des funérailles, je l'ai bien connu. Il habitait à quelques rues d'ici. Il est un peu plus vieux que moi. Il prenait plaisir à m'insulter sur le trottoir quand il me croisait l'après-midi, au retour de l'école. Il était plus grand et plus costaud, alors il s'en donnait à cœur joie.

Quelques semaines avant la mort de mon père, alors que je revenais à la maison, il avait poussé trop loin. Ces insultes-là se sont avérées ses dernières. Il était environ seize heures et il faisait presque noir : c'était la fin de l'automne. Je me trouvais à quelques maisons de chez moi et je m'étais senti agrippé, puis stoppé net. Le grand roux s'amusait à me retenir par la poignée de mon sac à dos.

— T'avances pus, hein, les frisettes ? Essaye de t'sauver à c't'heure ! Tu peux rien faire, hein ? Tit crisse !

Comme il lui fallait un auditoire, ses amis gloussaient derrière. L'un d'eux avait le visage miné par l'acné. Ils s'amusaient ferme à me terroriser. Et je connaissais la suite : ils allaient jouer à la machine à boule, et la boule, ce serait encore moi. J'en avais souvent parlé à mes parents, qui s'inquiétaient de me voir revenir de l'école en larmes. Ils me conseillaient de l'affronter sans violence, de lui dire clairement de me laisser tranquille sans m'en prendre à lui. J'acquiesçais, mais je n'y arrivais pas. Je préférais leur laisser croire que ça allait mieux plutôt que d'admettre que j'avais la trouille.

L'épisode relaté par ma mère dans son journal a par contre été le dernier du genre. Cette fois, avant de commencer la partie de *flipper*, le roux était allé plus loin dans l'exercice de son job de bourreau : il s'était moqué de mon père, de sa moustache et de sa profession. Tout s'est ensuite passé très vite. La colère a supplanté la peur en un quart de seconde. J'ai pivoté comme il me tirait vers l'arrière et j'ai profité de l'élan de sa traction pour retourner sa force contre lui. Je lui ai envoyé mon poing ganté en plein sur la bouche. Ça m'a fait rudement mal, mais je me rappelle maintenant son expression. Il s'est retrouvé par terre, sur le trottoir, juste après avoir heurté la boîte aux lettres au coin des rues des Érables et Saunders. Menton et manteau maculés de sang, salis par sa propre méchanceté. Sans doute ses lèvres avaient-elles été meurtries au contact de ses dents, car aucune coupure n'était perceptible de l'extérieur.

— N'insulte plus jamais mon père ou je t'arrache la tête, avais-je grogné, le poing encore brandi comme une arme tout juste rechargée et prête à faire feu de nouveau.

Ses amis n'en revenaient pas. Lui, il restait affalé sur le sol, terrifié à la vue de son propre sang. J'ai cru un instant qu'ils allaient se mettre à trois pour me tabasser, mais leur regard s'est porté derrière moi. Mon père était sur le trottoir, à une centaine de mètres de la scène, les bras croisés. Sa voiture de patrouille était garée devant la maison. Quand mes tortionnaires ont vu qu'il restait là et observait la scène, ils ont préféré fuir.

Maman et lui m'ont réprimandé pendant le repas, bien sûr, mais papa, je le sais, ne contribuait que pour la forme. Il était fier de moi, ce que confirment les écrits de maman. Je n'ai plus jamais eu de problèmes avec ce garçon, qui a sans doute continué à se faire les dents sur d'autres victimes. Le seul inconvénient, c'est que j'ai eu de la difficulté à faire mes devoirs pendant au moins deux jours. Je peinais à tenir un crayon en raison de mes jointures endolories. Mais tout compte fait, ça en valait la peine.

Alors, il faisait quoi exactement aux funérailles de Marie David, ce rouquin ?

Apprendre
26 juillet 1993

9 h 35

Nous marchons en silence depuis une trentaine de minutes. Le temps est frais ce matin, comme si septembre avait devancé sa venue. La forêt a changé, mais je ne saurais dire en quoi. C'est sans doute le propre de toutes les forêts, d'où la fascination sans cesse renouvelée de mon père.

Au-delà des frondaisons immobiles, le ciel saphir annonce une journée splendide. Je reviens vite au sentier et à ses obstacles pour éviter de trébucher. Il y a une quinzaine de minutes, en traversant le désormais familier petit pont de bois, nous nous sommes accoudés à la balustrade. Henri David, plus volubile qu'à l'habitude, s'est lancé dans une description plutôt didactique des environs. Je comprends maintenant mieux le père Dubras quand il qualifiait Henri David de véritable maître. Je connais dorénavant quelques-unes des nuances qui colorent le lexique forestier : arbuste et arbrisseau, fût et futaie, rameau, ramille et ramure. J'ai aussi eu droit à quelques pages d'histoire au sujet des derniers propriétaires des lieux, les frères Percy et Sydney Wright, dont le père avait émigré d'Écosse au siècle dernier. D'authentiques ermites, ces deux gaillards : ils n'hésitaient pas à menacer les intrus de leur fusil pour préserver le domaine que leur avaient légué leurs parents.

Il s'exprime avec aisance et précision, le regard tantôt braqué dans le mien, tantôt à la recherche de ce qu'il tient à me montrer. Il guette mes réactions et il les interprète. Il découvre ainsi s'il peut continuer ou s'il doit ralentir, reformuler ou étayer ses propos.

10 h

Nous arrivons à proximité d'un immense bloc de pierre de forme irrégulière et cassé en deux morceaux. Le plus petit reste debout, bien planté dans le sol. Les quarante ou cinquante centimètres qui séparent la roche mère de son rejeton permettent au sentier de s'y faufiler. Passé cet étroit chemin, Henri David s'arrête et sort une bouteille de son sac, qu'il dépose à ses pieds. Je l'imite.

— De quoi aimerais-tu discuter aujourd'hui, Langevin ?

— J'ai une ou deux choses à vous demander avant de parler éducation.

Il plisse le front, non par surprise mais pour me signaler, je crois, qu'il m'écoute. Je suis essoufflé. Aussi dois-je d'abord faire une courte pause. À en juger par ses traits, lui serait déjà prêt à poursuivre l'ascension.

— Il y a quelques jours, je crois avoir découvert que nous avons une connaissance commune.

Je lui raconte mon épisode d'écolier harcelé et tabassé, décrivant mon assaillant en mentionnant sa rousseur. Je ne manque pas de lui concocter une mise en scène qui souligne la droite ayant mis fin à mon calvaire.

— Je crois l'avoir reconnu à l'église, aux funérailles de votre femme. Vous le connaissez ? Son nom m'échappe.

Henri David baisse les yeux, inspire et expire profondément, les poings sur les hanches. C'est comme s'il tentait de dénicher un souvenir où puiser ce qu'il faut pour me répondre. Les secondes s'étirent.

Alors que je commence à douter de la pertinence de l'avoir replongé dans le tourbillon de tristesse qui a suivi le décès de sa femme, il revient à lui, et à moi.

— Lemaire. Le docteur Virgile Lemaire, très bientôt, comme tu le sais. Un ancien élève. Étant jeune, il était méprisé par son père, lui aussi médecin. Un grand chirurgien. Trop grand.

Je retrouve aussitôt un faible écho de ce nom dans mes souvenirs. Je crois percevoir de la colère dans la voix de mon interlocuteur, mais j'y décèle aussi de l'empathie. Le ton qu'il adopte montre qu'il en sait beaucoup sur le grand roux.

— Alors, la lèvre enflée, c'était toi ?

Il sourit soudain.

— J'ai souvent songé à lui donner une bonne taloche, moi aussi. Lemaire père, comme beaucoup de médecins, se complaisait dans l'aura de prestige de cette profession bien plus qu'il ne se préoccupait de ses patients. Ce n'était pas un père très présent. Lemaire fils voulait tellement lui plaire qu'il avait recours à tous les subterfuges imaginables pour susciter l'admiration – ou la crainte – de ceux qui l'entouraient.

Il baisse les yeux de nouveau. Je le crois attristé, mais il semble que ce soit là le signe d'une nouvelle incursion dans son passé d'enseignant, qu'il me livre par bribes dès qu'il émerge.

— Juste avant de quitter l'enseignement, j'ai tenté de le raisonner, de l'amener à voir plus clair en lui. Je tenais à ce qu'il comprenne qu'il faisait fausse route. Mais j'ai échoué sur ce coup-là. Je suis désolé de voir ce qu'il est devenu et à quel point il continue d'agir pour plaire à son père. Mais ton coup de poing l'a sonné, tu peux me croire. C'est étrange comme les destins peuvent s'entrecroiser, dit-il en m'adressant un sourire mélancolique. Nous sommes intervenus conjointement, toi et moi, auprès du même individu. L'un après l'autre.

Cette révélation soulève aussitôt de nombreuses autres interrogations. Serait-ce l'intervention d'Henri David qui a incité Lemaire à me laisser tranquille par la suite, plus que ma thérapie coup de poing ? Et son départ de l'enseignement... c'était à cause de Lemaire ?

— Non, Langevin. À cette époque, il y a plus de douze ans déjà, nous venions d'apprendre, Marie et moi, le mal qui la terrassait et le combat qu'elle allait devoir entreprendre pour tenter d'obtenir quelques années de sursis. J'ai quitté l'enseignement pour l'épauler. Je ne me sentais plus capable de la laisser seule chaque matin.

David me raconte alors la genèse de leurs malheurs. Ils vivaient à Shannon, municipalité voisine de la base militaire de Valcartier. Plusieurs résidants, tout comme sa femme, ont éprouvé de graves problèmes de santé. La cause du cancer de Marie, même si les autorités le nient toujours, serait l'eau qu'ils ingéraient : plusieurs croient qu'elle était contaminée par des rejets hautement toxiques qui avaient atteint la nappe phréatique où on la puisait. David et sa femme ont vendu leur propriété pour une bouchée de pain et sont venus s'installer ici, tout près du mont Wright, où ils possédaient déjà un chalet. Ils ont reconverti la cambuse de manière à la rendre habitable à l'année, et David a pu vivre aux côtés de sa femme et en prendre soin pendant les longs mois où elle devait subir des traitements dévastateurs. Marie a traversé successivement des périodes de rémission et de rechute, d'espoir et de deuil. Lui, il s'est mis à la traduction, récoltant les fruits de contrats qui, quoique modestes, leur ont permis de vivre simplement, mais heureux.

— Vous n'avez pas eu d'enfants alors ?

— C'est en enquêtant sur les causes de son infertilité que son médecin a découvert le mal qui croissait en elle. Et une fois le diagnostic de cancer tombé, toute grossesse était désormais exclue.

— Et vous n'en avez parlé à personne ? Même Alexandre Dubras semble ignorer les causes de votre départ de l'enseignement.

— Dubras est un ami fidèle, je suis heureux de le constater encore aujourd'hui, dit-il en me faisant un clin d'œil. Il a toujours su, Langevin. Je lui avais simplement demandé de garder ça pour lui. Je ne voulais pas qu'on s'apitoie sur notre sort.

Je comprends maintenant les efforts de Dubras pour me détourner de mes intentions de rencontrer Henri David. Un ami fidèle, en effet.

— Savez-vous que votre ancien élève, ce Virgile Lemaire, est finaliste pour un prix prestigieux qui sera accordé par la Faculté de médecine à la fin de l'été ?

Impassible, David me regarde. Il s'essuie le front de l'avant-bras et reprend une gorgée d'eau.

— Je ne savais pas, non. Mais je vois qu'il n'a pas changé.

Il pose un genou à terre et range sa bouteille d'eau. Il se redresse, inspire un bon coup et ajoute :

— Tant pis pour lui. Il n'a pas compris ce que j'ai voulu lui transmettre. Tu me confirmes ce que j'ai pressenti quand je l'ai vu faire des courbettes dans l'environnement du médecin traitant de ma femme, à l'hôpital. Je l'ai reconnu le premier. Nous l'avons bien observé, Marie et moi : il n'agit encore que pour épater la galerie. Le bien-être de ses patients ne semble pas être sa priorité. L'épisode dont ton ami et toi avez été témoins à l'hôpital le montre bien. Je peux me tromper, mais je crois qu'il cherche encore l'estime et l'approbation de son père. Ce n'est pas l'empathie qui l'a poussé à pratiquer la médecine, mais le désir d'être reconnu. Tu aurais dû le cogner plus fort, Langevin !

La mine mi-amusée, mi-désemparée, il me donne une tape amicale sur l'épaule et il montre le sentier du menton. Il enfile son sac à dos et se remet en marche. Je lui emboîte le pas après quelques secondes d'immobilité.

10 h 40

L'air est nettement plus sec au sommet. Ici, les effluves de résine provenant des conifères chauffés par le soleil prennent le dessus sur les arômes empreints de l'humidité du sous-bois. La vue qu'offre le belvédère m'épate encore autant que la première fois. Le panorama réservé aux randonneurs est à disloquer les mâchoires. Accoudé à la balustrade, j'ose une question qui me trotte dans l'esprit depuis les paroles que David a lâchées au sujet de ce jeune médecin, son ancien élève.

— Vous sentez-vous coupable de ne pas avoir réussi avec Virgile Lemaire ?

— Pourquoi ? réplique-t-il, surpris.

— Vous l'avez incité à remettre de l'ordre dans ses valeurs, et il n'a visiblement rien compris.

— Exact. Et c'est son problème.

Je le regarde, interloqué. Il en remet. Il sourit, semble deviner d'où vient mon interrogation. On m'a dépeint Henri David comme l'un des enseignants les plus compétents. Le voir se décharger ainsi de son échec m'étonne.

— Ah ! Je vois… Tu as été formé, pardon… déformé dans la grande méprise de la pédagogie moderne, toi aussi ?

C'est mon tour de sourciller. Il éclate de rire.

— Je crois pouvoir identifier l'une des sources de tes déboires professionnels, Langevin.

Il plonge son regard dans le vide, droit devant. Le ciel azur qui enveloppe les montagnes rebondies de verdure, les vallées, les maisonnettes et les domaines cossus qui brillent sous le soleil, rien de toute cette beauté n'est en ce moment l'objet de sa réflexion. Il plisse les yeux. Je sais qu'il prépare ce qu'il va me dire, qu'il cherche l'angle le plus pertinent.

— C'est sans doute là davantage un héritage de mes activités de traduction que de mes années d'enseignement, mais la prochaine fois que tu consulteras un dictionnaire, attarde-toi au mot « apprendre ». Tu découvriras que ses différentes acceptions entrent dans deux grandes catégories : l'une est associée à l'apprentissage, l'autre à la communication.

Deux hirondelles se donnent la chasse en piquant sans prévenir après de vigoureuses remontées tout en arabesques. Je ne comprends pas où il veut en venir avec ses allusions au dictionnaire.

— Dans un contexte d'apprentissage, Langevin, qui apprend ? Quel est le sujet habituel de ce verbe ?

— L'élève ?

Il opine et ajoute :

— Dans le contexte où le verbe ne désigne que le simple fait de communiquer une information à quelqu'un d'autre, qui apprend ?

Là, je prends le temps, moi aussi, de préparer ma réponse. Je ne veux pas avoir l'air idiot. Il me tend un piège.

— Vous voulez dire dans une phrase comme : « Cet homme nous a appris la nouvelle ? »

Le voyant approuver, je poursuis :

— Dans ce contexte, euh… « Cet homme » apprend quelque chose à « nous », et « nous » aussi apprenons… N'est-ce pas ?

— Du point de vue de l'apprentissage, qui a appris quelque chose de nouveau ? renchérit-il.

Je réfléchis, mais il poursuit avant que je puisse tenter une nouvelle réponse.

— Personne n'a réalisé d'apprentissage dans ce qu'illustre ton exemple. Seule une information, une nouvelle, a été transmise. On confond souvent ces deux acceptions fort différentes. Ce que je désire te faire comprendre, c'est qu'à l'école, on ne peut pas apprendre quelque chose à quelqu'un. Seul l'élève peut apprendre. On peut enseigner quelque chose à quelqu'un, mais il n'y a aucune garantie que l'élève va apprendre. Apprendre, c'est donc beaucoup plus que communiquer. À en juger par la tête que tu fais, je suis un peu rouillé pour expliquer les choses, non ?

Il enchaîne :

— Tu sais, les modes et les réformes ont amené les enseignants à se charger de nombreuses responsabilités au regard de leurs élèves, même des responsabilités que leurs élèves devraient eux-mêmes assumer.

Il fait une pause. Les hirondelles poursuivent leur manège, sans fatigue apparente.

— Les enseignants enseignent, Langevin. Et le boulot des élèves consiste à apprendre. Les enseignants ne peuvent « apprendre » des connaissances aux élèves. Les connaissances ne sont pas des informations. Je peux t'apprendre le nom de quelqu'un : toi, tu n'as pas besoin de faire l'apprentissage de ce nom, tu as seulement besoin de l'information. Toutefois, à l'inverse, je ne peux t'apprendre une règle d'accord. Je peux te l'enseigner, te la montrer, mais il n'y a que toi qui puisses en faire l'apprentissage. Tu me suis ?

Je lui fais signe que oui. Tout cela me paraît tellement évident. Je me demande comment réagir, car il semble vraiment convaincu qu'il tient là quelque chose d'important. Il prépare une réplique : je suis démasqué.

— Langevin, tu as déjà eu des élèves qui réussissaient très bien ?

— Bien sûr, des dizaines.

Des visages me reviennent en tête. Des calligraphies aussi : de belles lettres droites, menues ou élancées, des copies propres et soignées, souvent sans fautes. J'en ai passé, des heures, à lire et à annoter toutes ces rédactions.

— Te considères-tu comme responsable de leurs bons résultats ?

— Bien sûr que non ! répliqué-je illico. Ces élèves travaillent bien… Je suis convaincu que nombre d'entre eux réussiraient même avec les pires profs tellement ils savent y faire !

— Tu as raison. Et il en va de même pour ceux qui échouent.

J'ouvre la bouche pour ajouter quelque chose, mais je suis touché. Là, je saisis. Ses exemples et ses efforts des dernières minutes font leur chemin.

— Alors c'est ça ? C'est tout ? On enseigne et on se lave les mains de ce qui arrive ensuite à nos élèves ?

Je comprends ce qu'il veut me faire voir, mais je résiste devant l'apparente facilité de cette vision des choses. Il baisse les yeux, puis revient à la charge, en adoptant un ton particulier. Je sens une telle sincérité dans cet effort que je ne peux que l'accueillir.

— Fais tout ce que tu peux, Langevin. Tout ce dont tu es responsable. Agis avec conviction, mets-y tout ton cœur. Mais surtout, ne vole jamais à un seul de tes élèves le privilège de comprendre que ce qu'il apprendra et réussira dans sa vie, ce qui aura le plus de valeur à ses yeux, ne sera attribuable qu'à ses propres efforts. Et c'est ce dont il sera le plus fier.

Il baisse de nouveau les yeux, puis continue :

— J'ai fait beaucoup d'efforts pour aider Lemaire fils. Probablement plus qu'aucun autre enseignant n'en a consenti auparavant. J'ai vu en lui quelque chose qui n'allait pas, qui expliquait son attitude détestable et nuisait à son apprentissage. Quand j'ai abandonné l'enseignement, j'avais accompli tout ce que je pouvais. J'ai quitté le collège en février de cette année-là, la tête haute. Marie avait davantage besoin de moi que cet élève, et que tous les autres réunis. S'il n'a pas su tirer profit de mon zèle, c'est son problème.

— Et ce sera celui de ses patients aussi, non ?

La réplique m'a échappé. Il est piqué. Il ne me répond pas. Il avale une grande gorgée d'eau de la bouteille qu'il vient de ressortir de son sac. Le soleil cuit la surface rocheuse du belvédère. Soudain, son regard s'illumine, mais pour quelle raison ? Maintenant, il sourit, et me donne une tape sur l'épaule. Les hirondelles piaillent bruyamment. Le vent les fait soudain dévier de leur trajectoire.

12 h 15

Les échos de cette discussion au sujet des responsabilités de chacun continuent de rebondir dans mon esprit alors que je rentre à la maison. Le boulevard Talbot, loin d'être désert, s'avère agréable. Le temps est magnifique pour conduire.

La gaine de cuir qui enserre le volant se désagrège de plus en plus. L'œuvre du soleil, sans doute. Ma vieille Golf tient le coup, mais le passage des années s'y lit de plus en plus facilement. J'éteins la radio. Whitney Houston est en train de m'exaspérer en hurlant *I will always love you*. *The Bodyguard* est le dernier film que j'ai vu avec Jolianne. C'était en décembre. Il neigeait doucement. Une vraie pub de Cottonnelle. Elle avait insisté pour que j'abandonne les piles de rédactions de mes élèves pendant quelques heures. J'avais bien aimé ce film. Pour une fois, elle ne m'avait pas fait subir l'un de ces films d'horreur qu'elle prisait tant. Elle était si belle à voir au cinéma. Quand les scènes devenaient insupportables, je me reposais souvent la vue en la regardant regarder. Ses yeux, son visage devenaient si expressifs… Une nouvelle version du film s'y trouvait projetée ! Son petit nez retroussé, sa bouche entrouverte… Je découvrais la petite fille qu'elle avait été, qui habitait ses traits à travers son émerveillement devant Freddy Krueger ou les zombies de Romero. Dire que je l'ai quittée. Je crois qu'elle aurait bien aimé gravir le mont Wright à mes côtés. Il faudra que je lui rende son jonc, toujours joint aux clés qui pendent aux côtés de celle qui se trouve dans le contact.

Oui, je suis bien responsable de cette gaffe-là, avoir laissé Jolianne, et de mes autres bourdes à l'école. «Agis avec conviction, mets-y tout ton cœur.» Henri David a raison. Je le sens de plus en plus. Quelque chose en moi résiste cependant. Tracer une ligne aussi nette entre la responsabilité de l'enseignant et celle de l'élève me rend mal à l'aise. Mais force est d'admettre que son raisonnement se tient. Comme il me l'a démontré, il vaut mieux mettre le plus d'énergie possible à faire ce qu'il me revient de réaliser en tant qu'enseignant qu'à m'épuiser à tenter ce que seuls les élèves eux-mêmes peuvent réussir. La plupart du temps, ceux qui ne s'appliquent pas et échouent sont les artisans de leur propre malheur. Je n'ai pas à endosser l'insouciance de Francis Dumont, ni sa violence, ni même sa consommation de je ne sais trop quelle substance. Et l'inconséquence de Fourbier, ce mépris qu'il me manifeste en ne tenant pas compte de mon jugement, de mes évaluations… ce n'est certainement pas ma responsabilité. Il a sans doute aussi changé les résultats d'autres élèves, pour éviter d'avoir à répondre de ces échecs nécessitant cours d'été ou reprise d'année devant des parents revendicateurs et eux-mêmes inconséquents. Je revois son visage rougissant, ses doigts potelés, la grosse chevalière qu'il faisait frénétiquement pivoter, réfugié derrière son bureau : «Mais voyons… Mikaël !»

Soudain, un caillou que je n'aperçois que l'espace d'une seconde percute le pare-brise de ma Golf : un fardier vient de me doubler. La force et le son de l'impact me font sursauter. Une petite étoile de verre brisé apparaît sous le rétroviseur, au centre du pare-brise. Une ride de plus pour ma Golf. L'une des branches de l'étoile s'éloigne du point d'impact et lézarde le verre jusque devant mes yeux, côté conducteur.

13 h 30

— Très bien, oui. À tantôt. Merci !

Un chic type, ce Maurice. On ne s'est pas parlé depuis des mois et il suffit d'un coup de fil pour qu'il accepte de me rendre visite. Je comprends papa quand je repense à ce qu'il me disait. « Le grand Maurice, c'est tout un chum ! » Il a toujours été là pour donner un coup de main à maman après le départ de mon père. Il m'a aidé pour l'escalier extérieur, et il n'hésite pas à revenir me conseiller pour mon projet au grenier.

Je déplie l'escalier rétractable à l'extrémité du couloir. Avec quelques gouttes d'huile, le mécanisme qui, au départ, était plutôt rebelle et bruyant a fini par retrouver sa docilité.

J'entreprends de délimiter la zone que je désire modifier en traçant une ligne à la craie sur les lattes poussiéreuses du plancher du grenier.

15 h 45

Des pas vigoureux font vibrer le métal de l'escalier extérieur et des voix enjouées m'incitent à descendre du grenier, qui prend des allures de chantier après tous ces préparatifs. J'ai réussi à arracher plusieurs lattes de bois de la zone que je désire ouvrir sur le salon. Les solives du plancher sont quasiment toutes dénudées. On cogne à la porte.

En arrivant près de l'entrée, je constate que Maurice est accompagné d'Isabelle, qui me lance un clin d'œil à travers la moustiquaire. Il la remercie en touchant la palette de sa casquette et entre, voyant que je viens ouvrir. Ils semblent se connaître, ces deux-là. Il me tend sa grosse main calleuse, que je m'empresse de serrer. Il arrive directement du poste de police. La chemise blanche, le cordon d'épaule et la cravate noire lui donnent fière allure.

— Salut, Tit-Mik ! Je pensais que c'était ta blonde… J'avais oublié que tu restes ici, maintenant, en haut.

Je comprends tout. Il s'est présenté à la porte qu'il a toujours utilisée et Isabelle a dû lui offrir de le conduire jusque chez moi.

— Ta locataire… j'pensais que c'était Jolianne… Est là, la belle frisée ? demande-t-il en déposant sa casquette sur le comptoir.

— Non, Maurice.

Pendant un instant, je me demande par où commencer pour lui expliquer ma rupture avec Jolianne, mais sans crier gare, il passe du coq à l'âne et m'interroge au sujet du coup de main que je lui ai demandé. Il déboutonne et retrousse ses manches.

L'escalier rétractable craque sous son poids : Maurice doit peser plus de deux cent cinquante livres. Et en dépit de ses tempes grises, les voyous doivent toujours le craindre.

Après de nombreuses explications et quelques lattes en moins, Maurice est en mesure de me dire exactement comment procéder pour mener à bien mon projet. Je pourrai supprimer une solive sur deux si j'installe une nouvelle poutre exactement là où il me l'indique. Nous procédons même à un test au-dessus du salon : il donne un grand coup de talon dans le lattage sur lequel le plâtre a été appliqué à l'époque de la construction. Un craquement sec retentit, et l'étage du dessous nous apparaît aussitôt. Il me faudra mettre les trucs fragiles et les meubles en lieu sûr pendant la démolition du plafond.

Nous redescendons.

La galette de plâtre et de bois délogée par Maurice s'est écrasée sur la moquette, près de la table à café où est posé le téléphone.

— Ta blonde va hurler. On va vite ramasser ça. T'as un chose, là, un… demande-t-il en regardant autour.

— Un porte-poussière ? Je m'en occupe. Je ne suis plus avec Jolianne depuis plusieurs mois maintenant. Malheureusement.

Maurice me regarde, les sourcils soulevés, comme s'il ne me croyait pas.

— J'l'ai vue samedi passé. J'ai loué une scie à ruban… à la *shop* de location d'outils, là-bas ! me dit-il comme pour changer de sujet.

Un trou par où je pourrais facilement me faufiler se découpe dans le plafond du salon. Je ramasse les débris et les jette dans un grand sac-poubelle.

Il y a un peu plus de trois ans, quand j'exécutais des travaux de peinture à l'extérieur, au grand bonheur de ma mère – déjà malade – qui n'en pouvait plus de voir le perron, l'escalier avant et les fenêtres si mal en point, j'ai dû trouver une ponceuse dans un commerce de location d'outils du quartier. La sableuse de papa avait rendu l'âme. Jolianne m'accompagnait. Le temps des tulipes venait de se terminer, tout comme ma session de cours à l'université.

Quand nous sommes entrés dans la boutique un peu en désordre, nous avons remarqué une affiche sur la porte: « Employé demandé – Temps partiel. » Jolianne s'est renseignée, et comme les horaires convenaient parfaitement à sa vie d'étudiante en anthropologie, elle a aussitôt manifesté son intérêt pour cette place au propriétaire, un petit homme grisonnant aux lunettes sales.

Il a exprimé des réserves quant aux connaissances de la belle jeune femme qui lui souriait. Savait-elle seulement ce qu'étaient un compresseur et une scie radiale? Elle a vite fait de le rassurer.

— Tu commences jeudi prochain, Johanne, lui a-t-il lancé en limant les dents d'une scie à chaîne posée devant lui, sur le comptoir qui servait aussi d'établi.

— Jolianne, monsieur, l'a-t-elle repris en souriant de plus belle, ravie.

Elle a ainsi pu laisser son boulot de nuit au dépanneur et améliorer son sort en travaillant à la quincaillerie tous les jeudis et vendredis soir, ainsi que les samedis. Elle s'y est tout de suite plu. La preuve en est qu'elle s'y trouve toujours.

Par la suite, l'anthropologue en elle m'a souvent affirmé pouvoir y observer des spécimens humains très intéressants.

Maurice se rend à l'évier de la cuisine, s'y lave les mains et les essuie méticuleusement avec la serviette que je lui lance. Il semble avoir quelque chose à me demander, mais hésite.

— Ouin, ouin… T'en a mangé des claques, depuis une couple d'années, Tit-Mik. Ça file ?

Maurice en avait pleuré un coup aux funérailles de mon père. Je le revois porter le cercueil dans le cortège funéraire. Lui-même et les cinq autres hommes de la procession étaient gantés de blanc. Maurice avançait solennellement, très droit, les joues sillonnées par de grosses larmes. Un trompettiste jouait un air triste, la sonnerie aux morts. Il s'agissait du frère de Maurice, William O'Connor, musicien professionnel à l'emploi de l'Orchestre symphonique de Québec. Il avait heureusement enchaîné avec l'un des airs de jazz préférés de papa, *There Will Never Be Another You*, de Chet Baker. Le même William O'Connor avait donné la piqûre du jazz à mon père, d'après ce que j'ai retenu des récits que nous offrait papa au retour de ses voyages de chasse et de pêche. Ça m'avait fait tout drôle d'entendre cette version, sans les paroles. Les gens avaient apprécié son interprétation enjouée. Un congé de tristesse. J'avais même cru sentir ma mère se déhancher un tout petit peu. Elle me tenait serré contre elle, le visage inondé de larmes, les yeux fermés.

— Ça va, oui. J'ai eu une fin d'année difficile, mais maintenant ça va.

Je le regarde franchement. Il scrute le fond de mes yeux, comme s'il soupçonnait un mensonge. Il déroule les manches de sa chemise et au moment où il les boutonne, j'aperçois la grosse bague du service de police à l'index de sa main gauche. Papa avait la même. Je revois Fourbier, me rappelle sa menace et celle de mon élève, le jeune Dumont.

Maurice balaie du regard la cuisine, la salle à manger et le salon. Il s'attarde aux bibelots posés sur le vieux téléviseur, semble reconnaître l'élan et la main blanche aux doigts effilés, tendus vers le ciel. Il revient ensuite à la table d'érable au fini dépoli et détaille la lampe Tiffany suspendue au-dessus, exactement comme dans l'ancienne salle à manger du rez-de-chaussée.

— Mets la lampe de ta mère à l'abri quand tu démoliras le plafond. Le filage électrique doit être en cuivre ici?

— Oui. Mais je l'ai fait remplacer aux normes du jour.

— En tout cas, t'as fait *de la belle* ouvrage. Mais cette table, cette lampe, ça me rappelle nos parties de cartes…

Quand je tente à mon tour de me remémorer le passé, beaucoup d'images associées à cette table ressurgissent, des scènes de rassemblement, de repas, des moments passés à faire mes devoirs pendant que ma mère cuisinait tout près, en gardant un œil sur moi.

— Dis donc, Maurice, j'ai une question pour toi. Pas pour le charpentier, mais pour le policier.

Il remet sa casquette et croise les bras, l'air sérieux. Quand il se montre aussi attentif, Maurice paraît fort antipathique. C'est comme si ses traits ne pouvaient s'exprimer qu'en deux modes: le sourire ou l'air bête. Ceux qui ne le connaissent pas le trouvent glacial. Un vrai « beu » !

Je lui relate l'incident avec Francis Dumont, la drogue, les menaces de mort, mais je garde pour moi celles que Fourbier m'a adressées si jamais je portais plainte. Maurice s'appuie sur le comptoir, qui craque aussitôt.

— Si c'est la première fois que ton p'tit gars fait ça, ça vaudrait la peine de l'*squeezer* un peu, sans aller trop loin. La peur, c'est le commencement d'la sagesse, ajoute-t-il. Mais si c'est pas la première fois, tu pourrais porter plainte. Sinon, y apprendra jamais rien.

Je l'observe. Porter plainte. Je risque gros si je le dénonce officiellement. Et Francis Dumont aussi, j'imagine. Mais s'il n'y a aucune conséquence à ses paroles et à son geste, il risque fort de recommencer. Et là, comme je n'aurai rien fait pour prévenir la suite, je serai moi aussi responsable. Les paroles d'Henri David me reviennent à l'esprit et je me sens soudain ragaillardi : je n'en ai pas fini avec ce jeune homme. Je ne sais trop comment, mais je dois trouver le bon geste à faire. Maurice me devance cependant :

— J'vais vérifier si j'ai quelque chose à son nom dans le fichier central. Passe me voir au poste demain si tu peux. J'suis pas censé laisser sortir ce genre d'info, mais si tu portes plainte, aussi ben en avoir le cœur net.

Après l'avoir remercié, je le raccompagne sur le palier. L'escalier extérieur vibre comme un diapason géant sous ses pas. Je m'assois sur la marche du haut. Une belle fin d'après-midi.

L'emballement pour mes rénos au grenier revient chatouiller mon enthousiasme. Je ne peux m'empêcher de passer en revue, mentalement, les étapes à suivre pour réaliser mon projet. Ainsi juché, j'examine ma cour et repère rapidement l'emplacement idéal pour positionner le conteneur dans lequel je disposerai des rebuts de démolition. Je ne veux pas que les débris restent là aussi longtemps que la fois précédente.

Je suis curieux de voir ce que Maurice trouvera sur Francis Dumont. Je me ferai un devoir de lui rendre visite au poste demain matin. La perspective d'en savoir davantage sur ce garçon m'emballe aussi, presque autant que mes rénos.

Ricochet
27 juillet 1993

10 h

Je pousse la lourde porte vitrée du poste de police du parc Victoria et me dirige tout droit vers le guichet de la réception, où m'accueille une jolie policière aux yeux bleu clair et aux cheveux courts très foncés. En me voyant approcher, elle me dévisage. J'ai l'impression qu'elle me reconnaît. Je ne sais pourtant pas de qui il s'agit.

— Tiens, tiens, tiens… Bonjour! lance-t-elle, tout sourire.

Si elle reçoit tous les visiteurs ainsi, le poste va devenir l'endroit le plus couru en ville. Discrètement, je tente de lire son insigne.

— Euh… oui! Bonjour! Je viens rencontrer Maurice O'Connor.

Elle me sourit derechef et décroche le combiné. Comme elle détourne le regard, j'arrive à l'identifier: Agent L. Deblois. Connais pas.

— Sergent O'Connor ? Y a quelqu'un pour vous. Oui, oui.

Sur ces entrefaites, un autre policier arrive et relève l'agent Deblois de son poste. Elle me fait un clin d'œil et tape la main de son collègue, comme à la lutte, quand les pugilistes qui font équipe se relaient pour entrer dans l'arène. Derrière moi, une voix et son écho retentissent. Le hall est vaste, une sorte d'atrium qui doit bien faire trois étages.

— Tit-Mik ? Assez, les beaux yeux aux d'moiselles ! lance Maurice en étouffant une ébauche d'éclat de rire.

Je me dirige vers la porte de la section réservée au personnel. Maurice me serre la main et me fait signe de le suivre. Le dédale de couloirs, de petites salles et de bureaux m'apparaît calme, comparativement à l'idée que je m'étais fabriquée d'un poste de police. Tous les gens que nous croisons, qu'ils soient en uniforme ou non, saluent Maurice d'un coup de tête.

Nous arrivons enfin dans un vaste bureau dont le mur extérieur est percé de larges fenêtres qui jouxtent le plafond. Le jour éclaire les lieux de façon indirecte. Pour quelqu'un de ma taille, impossible de voir autre chose que le ciel par ces ouvertures situées à deux mètres du sol.

Je m'installe dans l'un des trois fauteuils placés devant le bureau. Maurice se cale dans le sien, joint ses grosses mains en croisant les doigts, puis se relève aussitôt, comme s'il venait de rebondir.

— Oups ! J'ai fait sortir le dossier tantôt. Je reviens. Café ?

— Non, merci, Maurice. Ça va.

Il sort de son bureau en joggant.

Derrière sa chaise, une bibliothèque remplie de livres, de dossiers et d'objets hétéroclites couvre le mur sur toute sa longueur. Plusieurs photos dans de petits cadres dorés s'y trouvent disséminées. Je crois y reconnaître mon père. Je songe à me lever pour les examiner de plus près, mais Maurice revient aussitôt.

— J'ai rien sur ton élève, dit-il, essoufflé. Par contre, en faisant une recherche à partir de son adresse, j'ai trouvé quelque chose sur un certain Gerry Dumont. Comme y vit à la même adresse, comme y a aussi à peu près vingt-cinq ans de plus, j'serais pas surpris qu'ce soit son père. Y est déjà allé en dedans pour trafic de cannabis, extorsion et autres méfaits. J'ai trouvé des plaintes pour désordre aussi. Disons qu'y est surveillé. Et y a des fréquentations douteuses.

Là, c'est mon tour de froncer les sourcils. Je ne suis pas sûr de vouloir aller plus loin. Avec un tel père, comment aider le fils ?

— OK, Maurice. Je pense que je vais laisser tomber. Crois-tu vraiment qu'il se soucie de savoir que son fils n'a pas réussi son cours de français ? Qu'il aurait dû suivre des cours d'été, mais que son directeur, Fourbier, l'a fait passer ?

— Oh ! Oh ! Fourbier, tu dis. Attends.

Il se remet à fouiller dans le dossier et s'arrête sur une page qu'il parcourt du doigt. Il stoppe soudain son survol, frappant la page du bout de l'index.

— Réginald Fourbier, c'est bien l'directeur de ta polyvalente ?

Je m'avance sur le fauteuil, suspendu à ses lèvres.

— Oui. Qu'est-ce que t'as ?

— Y a déjà appelé ici parce qu'y avait eu du vandalisme chez lui. Quand on a identifié le propriétaire du véhicule qui était passé faire tout un *show* de boucane dans son parterre de fleurs, y a décidé de r'tirer sa plainte. Le conducteur était Gerry Dumont!

— C'est arrivé quand, ça, Maurice?

— Attends un peu... Octobre 1990, oui, le 5 octobre 1990, en fin de soirée.

Francis devait être en première secondaire à ce moment-là. Mais pourquoi son père s'en serait-il pris à Fourbier? Et pourquoi celui-ci a-t-il renoncé à porter plainte?

— Merci, Maurice. Je dois réfléchir.

Je lui serre la main. Maurice me sourit, soucieux, le regard inquisiteur.

Pendant qu'il me conduit vers la sortie, il garde le silence. Juste avant de me laisser partir, il me prévient:

— Tit-Mik, fais pas d'niaiseries. À en juger par le dossier qu'on a sur lui, ce gars-là peut être dangereux. R'viens m'voir si t'as besoin. OK?

— C'est promis, Maurice. Je t'avoue que je me pose mille questions, mais je ne ferai rien qui puisse m'attirer des ennuis. Je te tiendrai au courant si je décide d'intervenir auprès de son fils.

11 h 17

Il n'y a que deux autres clients à La crème des cafés en ce beau mardi. Le journal n'a pas réussi à me distraire. Des hypothèses au sujet de Fourbier et des Dumont trottinent dans ma tête. Je les élabore, les creuse, les écarte et y reviens. Ce carrousel de conjectures me trouble profondément. Ou peut-être est-ce ce si délectable café que prépare Phano ? Je devrais me méfier de la caféine quand je suis dans un tel état. Je règle l'addition après deux allongés. C'est un bon bol d'air qu'il me faut.

À la sortie, juste avant de gagner le trottoir, je croise le portemanteau assassin, un bel objet ouvragé avec soin. Je porte la main à ma tête, cherchant du bout des doigts des vestiges de bosse ou de cicatrice... Plus rien. J'ai guéri de ce choc-là. Je dois aussi guérir des autres.

11 h 25

En garant ma Golf dans l'allée de gravier que la pelouse et les pissenlits se sont réappropriée, j'aperçois le sac-poubelle contenant les premiers morceaux de plâtre du plafond à démolir, laissé près du mur de la maison. J'ai négligé de le placer sur le bord de la ruelle et les ordures ont déjà été enlevées. Ce sera pour la semaine prochaine.

La seule perspective de trouver le bon geste à faire à l'égard de Francis Dumont me donne encore le tournis, alors je me dis qu'il vaut mieux me changer les idées en m'investissant dans des tâches manuelles. Le bruit porte conseil.

Un vacarme me surprend au moment où je m'apprête à monter chez moi : un fracas métallique suivi d'éclats de rire. Il ne me faut qu'une fraction de seconde pour repérer Tran et le petit Ludovic tout près des poubelles. Ludovic se bidonne. Son rire cristallin est communicatif, mais Tran, lui, ne semble pas rigoler.

— Taaabanak ! T'es très fort, Ludovic !

— Salut, messieurs !

Mes deux voisins m'aperçoivent à travers les branches. En avançant vers eux, je comprends ce qu'ils trament : Ludovic a dû montrer à Tran l'étendue de ses talents au frisbee poubelle.

Cet été, chaque mardi matin, quand je récupère les poubelles de métal que les éboueurs laissent souvent renversées après leur passage, je croise le petit Ludovic qui, comme moi, replace ces monstres de tôle galvanisée tout cabossés. Je lui ai enseigné ce sport improvisé que je pratique depuis l'enfance : le frisbee poubelle. Tout jeune, je m'assurais que personne ne me voie et, m'éloignant des poubelles que je remettais debout le long de la palissade, je m'exerçais au lancer du couvercle, imitant la motion pratiquée au frisbee. Je n'ai jamais réussi à envoyer l'un de ces disques de métal pile sur sa poubelle. Il aurait fallu que l'objet ralentisse au moment où il approche du dessus du réceptacle et qu'il s'y pose à la verticale. J'ai toutefois appris à diriger mes tirs de façon très habile, avec une grande précision. Et je me suis amusé à montrer à Ludovic comment faire.

— Il a réussi, Mik !

Tran est épaté, presque sans voix. Ludovic garde les bras croisés, le menton bien haut. Je jette un coup d'œil en direction de la ruelle : l'une des deux poubelles cabossées se trouve coiffée de son couvercle.

— Regardez bien, vous allez voir, affirme Ludovic avec fierté.

Il saisit l'autre couvercle de ses deux petites mains, tire la langue, incline la tête en fermant un œil à demi – quelle posture de tir inspirante ! – et lance, comme je le lui ai enseigné, le disque gris en direction de la poubelle. Il doit se trouver à environ cinq mètres de sa cible. Le disque demeure à l'horizontale pendant qu'il tournoie, mais dépasse sa cible, heurte la palissade, glisse sur les planches et rebondit pile sur le dessus de l'autre réceptacle. Tout un vacarme, mais toute une réussite !

Ludovic se fend d'un sourire digne d'une pub de dentifrice pendant que Tran et moi l'applaudissons vivement. Il a du talent ! Et il est capable de stratégie. Bien pensé, ce ricochet. Lili se faufile soudain entre nous et détale en courant. Elle devait dormir dans un coin. Les exploits de Ludovic l'ont sans doute effarouchée.

— Bon, à plus tard, les gars ! lance Ludovic, le torse bombé.

Il suit le chat… la chatte en l'appelant. Lili serait-elle un « il » ? Je n'y comprends plus rien… Qu'importe ! Elle file entre les maisons, vers la rue. Tran récupère le sac à ordures qu'il a lui-même déposé sur le sol, sans doute pour assister aux exploits de notre voisin, et le jette dans sa poubelle à lui, un modèle immense muni de petites roues et d'un couvercle fixé par des charnières. Le seul problème est qu'elle est entièrement faite de plastique, donc plus de vacarme. Une triste poubelle muette ! C'est pourquoi, comme le père de Ludovic, je conserve les miennes. Elles me rappellent les *Sesame Street* de mon enfance, et toutes ces séances d'entraînement souvent interrompues de façon hypocrite à l'approche d'un adulte ou à l'appel de ma mère, qui craignait que j'abîme une voiture ou que je me mette à dos le voisinage tout entier.

— Tu as deux minutes, Tran ? J'aimerais te parler de quelque chose.

Tran, cigarette aux lèvres, fronce les sourcils. Son visage et ses avant-bras ont une teinte mate. La farine, sans doute. Il me fait signe que oui, en frottant vigoureusement ses vêtements de travail. Un nuage de farine se soulève autour de lui et se dissout aussitôt.

Je lui résume mes découvertes récentes au sujet de Francis Dumont, de son père et de l'incident chez Fourbier. Tran m'écoute attentivement. Il garde les bras croisés, un poing sous le menton. Sa cigarette se consume lentement. La fumée s'en élève et se disperse en tournoyant.

— Je devrais faire quoi maintenant, selon toi ?

Sans hésiter, Tran me répond :

— Continue !

— Qu'est-ce que tu veux dire ?

— Continue à enquêter. Il y a quelque chose de pas propre là-dessous ! Si Fourbier a peur du père de ton élève, ça montre qu'il tente peut-être de protéger le fils, pour éviter d'avoir à refaire son parterre une fois l'an !

— Peut-être. Mais je vois mal Fourbier dans le rôle de la victime. Vais-je finir par devoir le défendre ? Est-ce que je ne risque pas de lui causer des problèmes bien plus graves si je ne pense qu'à rétablir mon honneur ?

— Et ton élève ? ajoute Tran. Et ta carrière ?

Il a raison. Le véritable problème est peut-être davantage de laisser croire à un élève qu'il a suffisamment appris et compris, qu'il peut passer à la classe suivante, alors qu'il n'a pas les acquis nécessaires. Francis Dumont court tout droit vers des problèmes scolaires plus graves, une situation dont je serai moi aussi responsable si je n'interviens pas. Sans compter que s'il arrive à se tirer d'embarras en proférant des menaces, il recourra de nouveau à ce subterfuge dans le futur. Cependant, tandis que je considère l'ampleur de mes responsabilités, une autre idée fait son chemin :

— Et si mon intervention déchaînait la colère de son père ? Si, par ricochet, il s'en prenait à Fourbier par ma faute ? Ou, pire encore, à son fils ?

Tran hausse les épaules. Il retire le mégot de ses lèvres, en fait tomber la cendre, qu'il balaie ensuite du pied.

— Je crois que tu dois quand même continuer à enquêter, si tu veux mon avis. Tu as des amis policiers, non ?

Je l'écoute distraitement. Je repense à la mise en garde de Maurice et aux menaces de Fourbier. Hypothèses, craintes et convictions : tout se mélange, m'étourdit. Mais mon voisin est de bon conseil. Pour l'instant, je dois poursuivre ma petite enquête.

— Dis donc, Tran, es-tu disponible en fin de semaine ? J'aurais besoin d'un expert en coups de pied pour démolir mon plafond !

Tran porte la main sur sa tête, catastrophé. Le regard exorbité, il m'écoute détailler les travaux que je m'apprête à réaliser dans mon loft.

L'élan et la main

1er août 1993

11 h

Isabelle et Tran jubilent. Les voir ainsi armés d'une masse et d'une hache, le nez et la bouche couverts d'un masque d'hôpital, si disposés à se taquiner au sujet de leurs lunettes de sécurité… J'ai l'impression que c'est moi qui leur fais un cadeau, même si ce sont eux qui viennent m'épauler.

— Nous allons commencer ici, le long du mur, et reculer vers la zone qui surplombe la cuisine. Nous tâcherons de démolir le plafond section par section.

Même si l'été bat son plein et qu'une autre belle journée de chaleur est déjà entamée, la température est supportable au grenier. Les conseils de Maurice ont porté fruit. Les travaux d'isolation et de ventilation que j'ai entrepris font déjà une différence notable.

— Tu as vraiment tout barricadé en dessous ? On peut défoncer sans risque ? demande Isabelle, qui semble croire que l'occasion est trop belle.

— Oui, t'en fais pas. Tous les objets fragiles ont été remisés, une bâche couvre le plancher et les meubles que j'ai placés au centre de la pièce.

— Et les trucs électriques ? On va pas tomber sur des fils ? m'interrompt Tran, un peu perdu dans son ample salopette blanche.

Il a vraiment l'air d'un casseur avec le bandeau rouge à pois dont il s'est couvert le front.

— J'ai démonté la Tiffany, l'avertisseur de fumée et leurs boîtes de jonction. Je les réinstallerai ce soir, quand notre petite fête sera terminée. Et les disjoncteurs sont déclenchés. Aucun risque donc. On commence ?

Je n'entends pour seule réponse qu'un « Hee-ha ! » que pousse Isabelle en balançant la première la vieille masse de mon père entre deux solives de plancher. Un bruit sourd s'ensuit. Un tout petit trou en résulte, ce qui ne décourage pas ma locataire. Elle soulève la masse de plus belle, les deux mains bien agrippées au manche, et obtient de meilleurs résultats avec son deuxième assaut. Elle me regarde, repousse la mèche ondulée qui lui tombe maintenant devant les yeux et prend un air victorieux qu'elle souligne d'un pouce fièrement dressé vers le haut. Je devine un grand sourire derrière son masque : elle a réussi à déloger une plaque de bois et de plâtre d'un demi-mètre de long.

Tran s'élance lui aussi en imitant Isabelle, mais son cri ressemble davantage à un *kiai* de karatéka.

13 h 10

Assis dans l'herbe autour d'un pique-nique improvisé, nous dégustons avec appétit des croissants au saucisson de Bologne et à la moutarde forte. Mes amis sont couverts de poussière, visiblement heureux de cette pause, mais ils semblent avoir encore de l'énergie en réserve.

— Ta salle de bain est fonctionnelle, Mikaël ? demande Isabelle en se levant tout d'un coup. Avec tous les débris sur le côté de la maison, ce sera moins long d'aller chez toi que de les escalader !

Elle était assise en tailleur et s'est soulevée sans même déplacer les pieds.

— Elle est un peu encombrée, mais tout fonctionne, oui. Vas-y, je t'en prie.

Elle grimpe l'escalier d'un bon pas. Tran me fait un clin d'œil. Lui, il se détend, accroupi dans cette posture que mes tendons ne me pardonneraient jamais.

— Elle est gentille, ta loucataire. Très énergétique aussi.

— Énergique, oui, tu as raison.

— On dirait ta Jolianne... Tu as de ses nouvelles ? ajoute Tran après un silence que je ne sais comment combler.

Il cherche une cigarette dans la poche intérieure de sa salopette. C'est la deuxième fois qu'on me pose cette question en quelques jours. Mon ex en a charmé plusieurs. Son visage et celui d'Isabelle se superposent soudain, se fondent même. Perdu dans des rêveries où j'imagine la revoir, je me rappelle soudain que Tran vient de me poser une question.

— Non, non. Pas de nouvelles. Mais tu as raison. Elles ont quelque chose en commun.

C'est, je crois, cette mèche bouclée qui lui retombe souvent devant les yeux et qu'elle replace derrière l'oreille. Sa bonne humeur aussi. Contrairement à Isabelle toutefois, Jolianne avait quelque chose dans le regard qui m'avait fait fondre dès notre première rencontre. Comme si jamais personne ne m'avait vu comme elle. C'était à l'entrée du pavillon De Koninck, un après-midi d'automne, à l'Université Laval. J'en sortais et elle arrivait, sac au dos, essoufflée. Je lui avais tenu la porte. Elle ne m'avait rien dit, mais m'avait souri et béni de ce regard qui me manque soudain. Alors qu'elle passait près de moi, que je ne pouvais détacher mes yeux des siens, son parfum m'avait saisi : une fragrance mariant la vanille et la lavande. J'aimais tant cette odeur qui imprégnait sa peau, ses cheveux. J'aurais dès cet instant voulu l'étreindre, comme si nous nous connaissions depuis des lustres. Si d'aventure elle venait à repasser dans le coin, je crois qu'elle serait emballée par ces travaux d'agrandissement, par l'audace dont je fais preuve pour habiter autrement cette maison, mon passé.

— Mais Mik, tu…, s'interrompt Tran en voyant Isabelle redescendre l'escalier.

Il plisse les yeux, attaqués par la fumée de la cigarette qu'il tient au coin de la bouche.

— Dis donc, le propriétaire, c'est quoi ces bibelots de porcelaine posés au-dessus de ta laveuse ? L'orignal et la main ? Des souvenirs d'enfance ?

L'élan du Maine et la main de ma mère. La question me surprend, mais au fond, c'est compréhensible : elle n'est pas venue chez moi très souvent. Tran sourit en expirant un long filet de fumée, se rappelant sans doute l'histoire rattachée à ces objets.

— C'est mon père et ma mère.

Isabelle se rassoit devant son croissant. Les sourcils en accents circonflexes, la bouche pleine, elle arrive à articuler :

— Des cadeaux de tes parents ?

— Oui et non. L'élan est une tirelire que mon père m'a offerte quand j'étais enfant. Il était allé à la chasse dans le Maine avec des amis. Pour lui, l'élan, l'orignal si tu préfères, c'était le roi de nos forêts. Et la main dont les doigts pointent vers le ciel, c'est un porte-anneaux que j'avais offert à ma mère. Elle glissait ses bagues et ses anneaux autour des doigts, y déposait également ses colliers. La paume, légèrement incurvée, servait quant à elle de réceptacle pour ses boucles d'oreilles. Elle la gardait bien en vue sur sa coiffeuse. Un cadeau de fête des Mères qui lui avait fait très plaisir à l'époque.

Après avoir avalé une gorgée de jus de légumes, Isabelle conclut :

— Ah ! Je comprends. T'es un sentimental ! En tout cas, je trouve l'orignal rigolo.

— C'est un peu plus que ça, Isabelle. Enfant, quand mon père est décédé, il a été incinéré, selon ses volontés. Maman m'a demandé de l'aider pour le choix de l'urne, car elle désirait conserver ses cendres quelque temps à la maison. Quand j'ai fini par comprendre que mon père était devenu un petit amas de poussière grise et ce qu'était une urne, je lui ai proposé d'utiliser la tirelire du Maine, dans laquelle je n'avais jamais déposé une seule pièce. Elle a trouvé l'idée bonne, alors c'est ce que nous avons fait. Et j'ai longtemps conservé l'élan de papa dans ma chambre, tout près de ma lampe de chevet.

Isabelle ne bouge plus. Elle m'observe, les yeux ronds. Elle est émue, je crois.

— Et la main, c'est aussi une sorte… d'urne ?

— Oui, elle contient les cendres de ma mère. J'ai pratiqué une ouverture à la base, sous le socle, et je me suis bricolé un bouchon. C'est pourquoi je te disais tout à l'heure qu'il s'agissait de mon père et de ma mère.

— Ouaah! Et c'est comment, de conserver ainsi près de soi les cendres de ses parents? Tu les vois chaque jour... Ce n'est pas trop dur?

Elle pose la bonne question, là. « Ce n'est pas trop dur? » Trop dur d'oublier... Je n'ai jamais oublié. L'élan me rappelle la bonhomie de mon père, son amour pour la forêt. Et la main, avec ses longs doigts blancs, la douceur de ma mère, ses soins attentionnés. Ce serait encore plus dur pour moi de m'en séparer. Isabelle n'est pas la première à m'en parler. Ces urnes ont donné lieu à de nombreuses discussions dont je me serais bien passé il y a plusieurs mois.

— Mon amour, es-tu certain que ce soit une bonne idée de garder ainsi leurs restes près de toi? insistait Jolianne. Pourquoi ne pas les confier au mausolée du parc commémoratif? On pourrait y aller de temps à autre, déposer des fleurs.

Je n'étais pas d'accord, mais je ne le lui disais pas ouvertement. Je me fermais, me retranchais dans mes souvenirs. Je ne voulais pas me séparer de mes parents, je ne pouvais pas. Ces objets, j'imagine, me rassuraient.

— Je ne sais plus, Isabelle. Ces urnes font partie de ma vie, comme mes parents... Rassure-toi, je ne discute pas avec eux, je ne vois pas leur fantôme non plus. Pas encore, en tout cas.

22 h 25

La nuit est belle et fraîche ce soir; la voûte céleste, si magnifiquement constellée. Comme je descends l'escalier en portant le dernier sac de rebuts de construction et de poussière destiné au conteneur, mon talon glisse sur le rebord d'une marche et j'arrive à peine à me retenir en saisissant la rampe de ma main libre. Les marches sont couvertes de rosée. J'ai bien failli descendre l'escalier sur le dos... Ce serait bête de terminer la journée ainsi alors que personne ne s'est blessé pendant les manœuvres les plus dangereuses.

Isabelle et Tran sont partis en fin d'après-midi : j'ai insisté. Ils m'ont donné tout un coup de main. Le plafond a été démoli, les lattes à moitié arrachées ont été méticuleusement retirées des solives, et après avoir renforcé la structure selon les instructions de Maurice, j'ai scié une solive sur deux. Le résultat est tout simplement formidable. Quand le lambris de la face intérieure de mon nouveau plafond sera repeint en blanc, ainsi que l'ossature du toit, mon loft s'en trouvera agrandi et bien mieux éclairé.

En réinstallant la lampe suspendue au-dessus de la table de la cuisine, j'ai revérifié, par mesure de sécurité, les branchements que j'avais réalisés en juin à l'intérieur de la boîte de jonction. Le fil de mise à la terre n'était pas fixé comme il se doit. Je ne comprends pas comment j'ai pu négliger cette précaution. J'avais vraiment les idées ailleurs à ce moment-là. C'était juste après m'être envoyé le madrier de l'échafaudage en plein front. Selon ce que je connais au sujet de l'électricité, c'est probablement pour cette raison que les ampoules grillaient presque systématiquement chaque soir. Dire que je soupçonnais le lot d'ampoules achetées en solde !

Muni d'un tournevis cruciforme, je termine l'installation en m'assurant, cette fois-ci, que tout soit conforme.

Maintenant que les bâches sont retirées et rangées à la cave, je m'arrête. Une bonne douche s'impose. Pour ce qui est des meubles et des différents objets remisés, ça ira à demain, au retour de ma balade avec Henri David.

Le sentier du Vaillant
2 août 1993

8 h 50

Je gare ma Golf en bordure du chemin de la Découverte, deux roues sur l'herbe, les deux autres sur le gravier. Ce matin, les gazouillis de la nature rendent inaudibles les habituelles traces d'agitation humaine. Pas de moteur de tondeuse, de taille-bordure ni de véhicule tout-terrain. Les autres résidences sont à peine visibles, dissimulées derrière des îlots de verdure.

Je retire mon sac à dos du coffre arrière, m'assure que le bouchon de ma bouteille d'eau est bien vissé, referme doucement le hayon et me dirige vers la maison d'Henri David en glissant mon sac sur l'épaule.

Après quelques pas, les effluves de la forêt me happent. Ils embaument, comme après la pluie. L'air est frais. Malgré le ciel qui annonce une autre journée splendide, l'été amorce déjà son déclin.

David m'a téléphoné vers sept heures trente pour me demander de le rejoindre chez lui plutôt qu'à notre habituel lieu de rendez-vous : le stationnement du parc du mont Wright.

— J'ai quelque chose pour toi, a-t-il ajouté pour répondre à mon étonnement.

La pelouse atteint une bonne hauteur en bordure de l'allée, elle-même envahie par les mauvaises herbes. Les dalles de ciment disposées comme les cases d'une même couleur sur l'échiquier sont à demi recouvertes de mousse. Je suis encore à quelques pas de la maison quand un « Salut ! » me fait relever la tête. David m'attend sur le seuil de sa porte, une tasse à la main, tout sourire. Il porte de petites lunettes rondes, cerclées de métal argenté.

— Un café ? m'offre-t-il en refermant derrière moi.

— Un petit, oui, s'il vous plaît. Vous allez bien ?

Il me répond par un « Hu-hum » lointain, la tête plongée dans une armoire où il déniche une tasse dans laquelle il passe le doigt.

De l'extérieur, sa maison ressemble à un chalet suisse : murs de stuc blanc, style montagnard, boiseries d'un brun très foncé. L'intérieur évoque davantage une bibliothèque. D'immenses rayonnages couvrent presque trois murs sur quatre jusqu'au plafond. Dans un coin, près des portes-fenêtres qui donnent sur une cour conduisant à la lisière de la forêt, un bureau encombré de dictionnaires et de piles de papier ficelées forme un L avec une table sur laquelle trônent un ordinateur, une imprimante à matrice et une antique machine à écrire, surmontée d'une lampe de banquier opaline. Plusieurs autres lampes allumées et disposées un peu partout, dont quelques-unes près des fauteuils, confèrent à l'endroit un cachet douillet. Je découvre le rez-de-chaussée comme une immense pièce où la seule aire fermée est la petite salle d'eau. Au centre, face à la porte par laquelle je suis entré, un escalier de bois étonnamment étroit mène à l'étage.

— Lait ? Sucre ?

— Je le bois noir, merci.

Les accents mélancoliques d'un morceau de piano jouxtent le silence tout en demeurant lointains : une mélodie dont je ne saurais retracer la paternité, mais d'où émergent des accords dissonants. J'aperçois rapidement une vieille radio à lampes, comme celle de mon père, posée sur le manteau du foyer. Son syntoniseur faiblement éclairé, orné de chiffres stylisés, l'a trahie. En m'approchant de l'appareil, je constate cependant que la musique ne provient pas de la radio, posée sur un amplificateur, mais bien d'un tourne-disques. Je repère aussitôt la pochette du vinyle que mon hôte fait jouer : « *Piano Sonata No. 2 – Concord Mass.*, by Charles Ives. » Connais pas.

Juste à côté, les rayonnages lourds de livres savamment disposés m'attirent. Une toute petite cuisine et une salle à manger attenante occupent la partie arrière du rez-de-chaussée. Tout le reste de l'espace semble tenir lieu de bureau et de salon de lecture. Le décor est chargé, mais il y règne l'ordre qu'on observe là où l'on doit pouvoir réfléchir. Errant d'une tablette à l'autre, je tombe sur quatre exemplaires de différents formats du même roman : *The Catcher in the Rye,* de J. D. Salinger. Un cinquième, en version française, se trouve debout, maintenu dans cette position par les exemplaires de langue anglaise posés à plat l'un par-dessus l'autre.

David revient avec mon café. Il a retiré ses lunettes.

— Tu l'as lu, *L'Attrape-cœurs* ? Quelle traduction de merde ! lance-t-il en adoptant un accent français un brin méprisant.

— Merci, dis-je en prenant à deux mains la tasse qu'il me tend.

— Arabica brun, un mélange du Kenya. Le préféré de Marie.

Il me regarde comme s'il attendait une réponse de ma part. L'espace d'un instant, je me demande si je l'ai bien remercié, puis sa question me revient à la conscience :

— NON ! Non, je n'ai pas lu *L'Attrape-cœurs*. J'ignore qui est Sa… Salinger, précisé-je en cherchant le nom de l'auteur sur la reliure de l'un des exemplaires posés à plat.

— Vaut mieux opter pour la version originale, si tu lis l'anglais. Il a été traduit par une Parisienne qui en a trop fait… ou pas assez. Question de point de vue.

Intéressant. Une critique de traducteur… Il retire de la tablette l'exemplaire en version française et fouille les premières pages en les tournant précipitamment. Il replace ses petites lunettes sur le bout de son nez et s'arrête, l'air satisfait :

— Que dis-tu de : « Je lui ai dit d'aller se laver la sienne, de tronche… », de : « J'étais furax… », de : « C'était un fana de la canasta » ou de : « Ça chlingue ici. » ? Tiens, et celle-là : « Y avait déjà pas mal de choses dans mes valoches. »

Il est outré, les sourcils en pointe de flèche, le front sévèrement plissé. Il referme et range son bouquin.

— Pourquoi passer par Paris pour faire découvrir à des lecteurs d'ici les frasques d'un adolescent new-yorkais ? Quel gâchis !

Soudain immobile, il m'observe par-dessus son binocle. Non, il réfléchit.

— C'est décidé, je m'y mets cet après-midi.

— Quoi ? Vous faites quoi cet après-midi ?

Je suis interloqué de le voir s'emporter, puis s'emballer aussi subitement. Et ce café… délicieux. Une petite gorgée n'attend pas l'autre.

— Je m'offre le luxe de me traduire *The Catcher in the Rye*. J'y songe depuis des années… La vie est trop courte. Tu m'as convaincu.

Je m'étouffe presque devant cette soudaine décision, dont je suis apparemment responsable. Henri David éclate d'un rire franc. Il prend lui aussi une bonne gorgée de café et replace ses lunettes dans la poche de sa chemise.

— Alors, jeune homme, on l'attaque, cette montagne ?

9 h 25

Pendant notre ascension, nous ne faisons pas de pause. Comme chaque fois, je marche derrière David. Mes étourderies de novice étant chose du passé, je dédie dorénavant les moindres parcelles de ma conscience à mon activité.

En arrivant au secteur des blocs erratiques, nous croisons des randonneurs, deux femmes et deux hommes, tous les quatre dans la soixantaine. Ils se tiennent en bordure du sentier. L'une des deux femmes boit à sa gourde tandis que ses compagnons examinent une carte en cherchant des repères. Je songe à leur demander si tout va bien, mais ils ne semblent pas désemparés. Ils profitent sans doute comme nous des attraits de ce sanctuaire forestier. Un sourire, un signe de main, puis nous poursuivons notre route d'un bon pas.

À l'intersection du sentier du Vaillant et du sentier du Sommet, David hésite, me jette un bref coup d'œil, puis fait non de la tête, presque imperceptiblement. Il poursuit en tenant la droite. Le sentier du Sommet demeure sa route de prédilection.

10 h 10

Nous parvenons enfin à notre destination : le belvédère. Comme nous en avons pris l'habitude, nous prenons appui sur le garde-corps. Je savoure ces minutes durant lesquelles mon rythme cardiaque diminue, ses coups de pompe résonnant dans mon cou, ma poitrine et jusqu'au bout de mes doigts. La brise assèche la sueur qui couvre mon visage et mes bras, que le soleil fait luire.

En silence, nous nous régalons de quelques gorgées d'eau fraîche, contemplant la vallée, les maisons qui s'y trouvent disséminées, les montagnes voisines, sentinelles discrètes des Laurentides.

— Et puis, Langevin ? Tu n'es pas très bavard. Comment vas-tu ?

Je souris, le regard perdu à l'horizon, entre ciel et cimes.

— Franchement, ça va bien. Très bien même. Hier, j'ai démoli mon plafond.

Mon ami randonneur reste interloqué.

— Je rénove mon appartement… encore. Je l'agrandis en fait.

Je lui détaille les travaux entrepris, mes motivations, lui dépeins le projet et partage avec lui mes espoirs quant aux résultats.

— Ces ouvertures pratiquées dans le plafond apporteront de la lumière. Et l'aménagement de ma chambre au grenier me permettra de transformer mon actuelle chambre à coucher en bureau. J'aimerais bien consacrer à ma bibliothèque un mur complet, à l'image de ce que vous avez fait chez vous. Je suis très heureux de ces changements, malgré tout le boulot qu'ils entraînent.

David me regarde sans broncher. Il m'examine.

— C'est tout ?

Il change soudain d'expression. Ses sourcils s'abaissent : il m'a en joue.

— Tu m'as contacté en juin dernier pour que je t'aide à voir plus clair en ce qui concerne ta profession, l'école et tout. Es-tu en train de me dire que tu as trouvé les réponses que tu cherchais ?

— Je... Non, je n'ai pas trouvé. Je...

Il fait mouche. Qu'est-il advenu de toutes ces angoisses qui me terrassaient, de cette remise en question qui m'a fait douter de moi, de mes capacités, de mes choix ?

— Langevin, tu me parles de ton grenier, de ton confort... Tu es en train d'oublier ce qui t'a conduit ici, ajoute-t-il. C'est ton traumatisme crânien ou quoi ?

Le vent emporte le piaillement d'une volée d'hirondelles. Il a raison. Je suis en train de laisser le temps faire son œuvre et la blessure reste là, béante, comme tant d'autres. Les menaces de Francis Dumont. Fourbier. Ma rupture avec Jolianne. Le décès de ma mère, de mon père.

— Vous avez raison. Rien n'est réglé.

— Rien, donc. Et qu'est-ce que tu attends, peux-tu me le dire ?

Je baisse les yeux, mal à l'aise, comme un écolier qu'on réprimande. Il semble agacé. Il avale une autre gorgée d'eau et se tourne vers la vallée.

— Et qu'est-ce que je devrais faire, selon vous ?

Il inspire bruyamment, gonfle la poitrine et saisit la rambarde des deux mains après avoir laissé choir sa bouteille au sol, près de son sac. Le bout de ses pouces, sous les ongles, a blanchi. Il est en colère.

— Mikaël Langevin, sais-tu quel est ton problème ? Tu attends que les autres s'occupent de toi. Qu'ils répondent à tes questions à ta place. Tu es seul au monde, mon bonhomme. Même si tu m'es sympathique, je ne peux rien faire pour toi. C'est ta vie, ta carrière. C'est à toi d'agir, bon sang !

Il continue à respirer bruyamment, mais se contient. Il réfléchit. La matinée avait si bien commencé…

— Écoute, c'est la dernière fois que je t'accompagne ici. Je suis une béquille pour toi. Tu dois faire face à tes problèmes, aller jusqu'au bout. Sinon, ta souffrance demeurera à jamais inutile. La souffrance et la douleur doivent servir ! Est-ce que tu comprends ce que je te dis ?

Je cherche une réponse sans y arriver. Je peine à réfléchir : ce soudain emportement m'a saisi. Je me force à me détendre.

— D'accord, oui. Je dois trouver des réponses. Et pour trouver des réponses, il faut…

Il devine ce que je vais lui dire avant de l'entendre.

— … que tu poses tes questions. Que tu TE poses les BONNES questions. Tu ne trouveras les réponses que si tu les cherches.

Il se calme, mais le feu dans son regard ne baisse pas d'intensité.

— Je ne te laisserai pas tranquille tant que tu ne m'auras pas dit quelle question tu dois d'abord te poser. J'attends.

Les randonneurs que nous avons croisés plus tôt arrivent soudain par l'étroit sentier qui s'ouvre sur l'aire découverte du sommet. David les salue d'un signe de tête. Il croise les bras et reporte son attention sur moi.

— Est-ce que j'aime l'enseignement? dis-je.

— Bof, ça peut aller. Et la réponse?

— Oui. J'aime enseigner. Je veux enseigner, mais…

— Quoi?

— Suis-je assez compétent? Suis-je fait pour cette carrière?

Il me regarde en souriant cette fois.

— Bon, oui, je le suis.

— Et tu apprendras davantage chaque jour, chaque année. La compétence s'acquiert et se consolide avec l'expérience. Tu possèdes les habiletés les plus fondamentales: tu communiques très bien, tu te soucies des autres, tu maîtrises la langue et tu as le diplôme, ce qui n'est pas rien.

— Mais Fourbier? Et la note trafiquée?

— Nous y voilà. Pose ta question, Langevin, si tu veux trouver la réponse.

— Pourquoi Fourbier a-t-il changé le résultat que j'avais accordé à Francis Dumont?

David m'observe. Une étincelle de satisfaction passe dans son regard. D'autres questions surgissent dans mon esprit, et j'entrevois déjà la façon dont je vais m'y prendre pour obtenir les réponses.

— Est-ce que Francis Dumont est le seul de mes élèves en échec dont Fourbier a trafiqué la note?

— Voilà ! déclare-t-il en me tapant vigoureuse-ment sur l'épaule.

Il jubile.

— Vous savez quoi ? Dans ma voiture, j'ai la liste des résultats originaux, et chez moi, une autre liste que j'ai imprimée de façon clandestine la dernière fois où je me suis rendu à la polyvalente. Pourquoi n'y ai-je pas pensé plus tôt ? Je n'ai qu'à comparer les deux docu-ments et j'en aurai le cœur net. Si Dumont n'est pas le seul, ça signifiera que Fourbier transforme systémati-quement tous les échecs pour éviter d'avoir à imposer des cours d'été ou des reprises d'examens. Je pourrai vérifier avec certains collègues, oui... Et s'il ne l'a fait que pour Francis Dumont... Il faudra que je m'occupe de cette question quand j'aurai l'autre réponse, la pre-mière. Vous aviez raison.

Mes méninges s'embrasent. Les renseignements que Maurice m'a transmis pourront sûrement m'aider à élucider cette énigme si cet incident en constitue bien une. J'entrevois instantanément différentes pistes à explorer. L'attitude de mon vis-à-vis change du tout au tout.

— Cet air-là, celui du gars décidé qui sait préci-sément où il s'en va, c'est LE point de départ, Langevin. Puisque tu retombes si vite sur tes pieds, suis-moi.

Il range sa bouteille dans son sac, qu'il balance aussitôt sur son dos. Je me hâte de lui emboîter le pas. Il se dirige vers l'autre clairière.

— Henri, vous n'avez pas l'intention d'em-prunter le sentier du Vaillant pour redescendre, non ?

L'écriteau qui prévient les randonneurs du danger est toujours planté au même endroit : « Sentier très dif-ficile. Déconseillé à la descente. » Je l'ai lu sans en tenir compte à l'occasion de ma première visite, et l'aventure s'est soldée par un scan du cerveau. La peur m'étreint, mais David marche d'un bon pas et passe devant cet écriteau sans même ralentir.

Il foule le sol de la clairière qui devient de plus en plus étroite, serrée de part et d'autre par des conifères rabougris qui, perdant leurs aiguilles, en ont couvert le sol. À l'endroit où la descente s'amorce, il s'immobilise et m'attend, les poings sur les hanches.

— À partir d'ici, c'est toi qui prends la tête, jeune homme. Tu as lu l'écriteau. Regarde où tu mets les pieds. Je cheminerai quelques mètres derrière.

— Mais... C'est bon.

Je m'avance de quelques pas et soudain, je m'immobilise à mon tour, en quête des balises du sentier. Je cherche à gauche et à droite, scrute l'écorce des arbres jusqu'à huit ou dix pieds du sol, où j'ai déjà trouvé des marques de peinture, mais je n'en découvre aucune.

— Alors, Langevin? Qu'est-ce que tu attends? C'est par en bas, ajoute-t-il pour me narguer, pince-sans-rire.

Très drôle. Je me revois glisser sur le dos, basculer et m'écorcher le front. J'essuie mes mains sur mes pantalons et les frotte ensemble. Pourquoi me pousse-t-il à descendre par le sentier du Vaillant? C'est un test, oui. Bien sûr. Un défi. Je vois. Je cale ma casquette sur ma tête et resserre les courroies de mon sac à dos.

— Les balises du sentier, si tu les cherches, n'existent qu'en montée, de l'autre côté des arbres. En descente, c'est...

— ... moi qui balise, oui, je comprends maintenant.

Je vois parfaitement où il me mène, même s'il reste derrière.

Je m'élance prudemment et saisis le tronc d'un pin devant moi, là où le sol commence à se dérober. Au contact de ma paume, une partie des écailles séchées de l'écorce s'effrite. Ici, impossible de dénicher une piste : il n'y a ni verdure ni traces de pas. Le sol tout entier est recouvert d'un tapis d'aiguilles de conifères orange brûlée. Plusieurs rochers affleurent, créant diverses terrasses dans la falaise. Certains pans rocheux sont couverts de mousse et de minuscules champignons gris que David m'a déjà présentés par leur nom scientifique, mais je n'ai jamais eu de mémoire pour le latin. Je frotte de nouveau les mains sur mon jean.

Je progresse lentement, talons d'abord, pour mieux piquer le sol que je foule. Je me retrouve parfois à demi assis, prenant appui sur tous les objets solides que je rencontre : rochers, troncs d'arbres debout, couchés. Même si je n'ai pas l'impression d'avoir beaucoup progressé, je suis de retour sous la voûte sylvestre, cet écran de branches et de feuilles percé d'éclats de ciel bleu.

Il me faut mettre à profit tout ce que j'ai appris pendant mes dernières randonnées : un pas à la fois, le regard là où je suis, puis là où je vais. Je ne me soucie pas de mon compagnon : il connaît la montagne mille fois mieux que moi. Je ne l'entends plus, d'ailleurs. Je ne serais pas surpris qu'il m'ait devancé, ni de le découvrir au bas du massif rocheux.

Je reconnais l'arbre sur lequel je me suis fracassé le crâne, me rappelle le plongeon que j'ai évité de justesse ; derrière, la voie est coupée par la falaise. J'ai laissé un peu de moi et de mon sang ici.

Les lieux acquièrent soudain un caractère que je n'avais encore jamais perçu. Peut-être sont-ce mes sens qui, à mon insu, se sont aiguisés : les couleurs, les textures, les odeurs, les murmures de la forêt, la tiédeur de l'air, la fraîcheur du roc... Cette descente est en tous points différente de la première. Je me surprends même à apprécier l'exercice, malgré quelques dérapages dont je récupère facilement, les transformant en élan pour passer d'un rocher à l'autre.

En un rien de temps, je repère les deux blocs de roc qui ceinturent un passage étroit. J'y suis presque ! La descente tire à sa fin. Dans ce sens, le sentier du Vaillant s'adapte à chacun, s'ouvrant au fur et à mesure de la progression. Le sentier du Vaillant, si singulier, est pluriel au fond. Tout compte fait, objectivement, il n'existe pas. C'est le randonneur qui le trace. Et les périls qu'il présente sont fonction des décisions que prend ce dernier. Me voilà qui métaphorise.

J'emprunte le passage entre les rochers et me retourne pour admirer le terrain que je viens de dévaler. David me rejoint, tout sourire, brandissant le pouce vers le haut.

— Tu ne t'es même pas sali ?!

Je ne suis pas là pour quémander son approbation, mais j'admets que la fierté qui éclaire son regard me touche. Après tout ce que j'ai vécu ici, sur cette montagne, dans cette forêt, cette reconnaissance revêt une importance capitale à mes yeux. Je ne suis pas déçu – non, vraiment pas ! – de terminer de cette façon ma dernière expédition en sa compagnie.

11 h 10

— Je ne t'ai jamais demandé pourquoi tu regardais l'heure si souvent... T'as un rendez-vous ou quoi ?

C'est vrai que je me situe souvent ainsi dans le temps, en lorgnant du côté de ma montre. Le soir venu, ces repères qui ponctuent mes journées m'aident à me rappeler l'essentiel, comme si j'avais acquis une certaine conscience des moments clés de mon quotidien. Regarder l'heure n'est pas pour moi une façon de savoir où j'en suis, mais bien une façon de me rappeler quand j'ai compris où j'en étais.

— Je suis impatient de retrouver cette liste clandestine pour comparer les résultats à ceux de ma liste personnelle.

À l'instar de nos ancêtres qui privilégiaient cette posture sur les photos noir et blanc ou sépia, Henri David se tient planté devant sa maison les bras croisés, l'air heureux, la couleur en prime ! Un homme dont les racines sont bien profondes. Un homme solide malgré les tourments qui l'ont secoué.

Alors que j'ouvre le hayon de ma Golf, un détail me titille.

— Pourquoi m'avez-vous demandé de vous retrouver ici ?

Il pouffe d'un rire spontané et se gratte la tête.

— Décidément, tu apprends vite, Langevin. Tu as raison, j'ai quelque chose à te donner, si ça t'intéresse. Et j'ai pensé que tu aurais eu du mal à cheminer dans les sentiers avec trois caisses de livres dans les bras. Suis-moi.

Trois caisses de livres ? Je laisse le hayon relevé et le rejoins à l'intérieur. Il bloque la porte de sa maison avec une chaise, pour qu'elle demeure ouverte. Je le retrouve aussitôt accroupi près de l'une de ses deux tables de travail. Dans la pièce, l'ambiance est demeurée la même, mais elle me paraît maintenant familière. Il n'y a plus de musique en arrière-plan, mais il en subsiste quelque spectre bienveillant que me rappellent ces lampes, ces livres, leurs univers. L'âme des lieux, sans doute.

— Après le décès de Marie, j'ai passé nos traîneries en revue, fouillé nos placards, tiroirs et étagères. J'ai donné tout ce que je croyais utile aux plus démunis. C'était là le vœu de ma femme. Et comme l'élan était pris, j'ai également fait le tri de mes propres choses, qui se résument, bien évidemment, à des livres et à des dictionnaires.

Il ouvre l'une des trois caisses et j'entraperçois des reliures de tous les gabarits, des lettres dorées, des dos muets et sombres.

— J'ai pensé que ces romans, manuels et dictionnaires pourraient être utiles dans la bibliothèque d'un jeune prof.

Excellente idée, oui. Surtout que je dispose maintenant de l'espace nécessaire pour aménager ce bureau auquel je pense depuis un bon moment.

— Vous ne doutiez donc pas de mon avenir d'enseignant ?

Il se contente de sourire, puis referme la caisse. J'ajoute :

— Je vous remercie de tout cœur. Je me ferai un devoir de leur accorder une place d'honneur dans ma bibliothèque.

— Je te donne un coup de main : j'en prends une, et toi, l'athlète, tu t'occupes des deux autres.

Il me les met aussitôt dans les bras. Je recule d'un pas, mais me ressaisis sans peine. Je m'enracine, moi aussi.

Une fois à l'extérieur, comme il m'a devancé, il reste ébahi devant le contenu du coffre arrière de ma voiture.

— C'est chargé ici… Dis donc, ce sont tes choses de la polyvalente ?! T'es un prof itinérant ou quoi ?

Je pose les caisses sur la pelouse et me gratte la tête, ma casquette à la main.

— Plaçons les caisses sur la banquette arrière. Je les transporterai dans mon appartement dès que l'espace nécessaire sera dégagé.

Avant de reprendre la route, je lui serre la main. Cette poigne ferme et franche dit tout de cet homme : chaleur, droiture, transparence. C'est peut-être un solitaire, une sorte d'ermite, comme le disait Dubras, mais il est loin d'être misanthrope.

— Tu sais, Langevin, quand je te disais tout à l'heure que c'était la dernière fois que je randonnais en ta compagnie, ce n…

— Je comprends, Henri. Vous voulez que je fasse le reste de la route seul, sans attendre qu'on me guide. Et vous avez raison.

Comme je sens monter une bouffée de tristesse et de nostalgie entremêlées, je la jugule tout de suite en ajoutant :

— Salinger cet après-midi ?

— Ouais, mec. Je vais y bosser, lance-t-il en reprenant le même accent rigolo qu'il avait adopté, plus tôt, pour me lire des extraits de *L'Attrape-cœurs*.

— J'attendrai votre traduction avant de m'y initier. Tenez-moi au courant quand vous aurez terminé !

12 h

Je conduis un peu vite sur le trajet du retour. Les yeux fixés sur la route, j'entame, de mémoire, la recherche des pages imprimées à la fin juin. Toutes mes tentatives de me souvenir où j'ai pu les laisser me conduisent vers la tablette grillagée que j'ai posée au-dessus de la laveuse et de la sécheuse, dans ma salle de bain.

Dès que je suis stationné, j'arrache les clés du contact et je m'éloigne de la Golf au pas de course, le relevé de notes manuscrit sous le bras. Je gravis quatre à quatre les marches de mon escalier en colimaçon, déverrouille la porte, jette mon relevé sur le comptoir et me précipite à la toilette… J'ai trop attendu pour ça aussi.

J'actionne la chasse d'eau, me rends au lavabo pour me laver les mains. Tout ce temps, je ne peux détacher mon regard de cette tablette de grillage haut perchée.

J'essuie mes mains sur mon t-shirt et, sur la pointe des pieds, j'entreprends de désencombrer la tablette. Il me faudrait une chaise, mais je suis trop impatient. Je parviens à attraper du bout des doigts les contenants de détergent que je pose sur la sécheuse. À travers le grillage blanc, j'aperçois les fameuses listes de résultats, mais des objets posés par-dessus m'empêchent d'y accéder directement. Sur la pointe des pieds, j'arrive à m'emparer du fer à repasser, que je descends lui aussi, mais au moment où je le pose près du détergent, je constate que le fil n'est pas enroulé à sa base. L'autre extrémité, la fiche, demeure coincée sur la tablette. Je donne un petit coup sec sur le fil, mais je le regrette aussitôt : la tirelire élan et la main de porcelaine s'entrechoquent, déséquilibrées. Comme je tends le bras pour les retenir, le bout du fil du fer fait diversion et me tombe entre les mains. Alors les urnes branlantes achèvent leur danse par une chute dont je ne peux prédire la trajectoire. Je tente de les saisir au vol, mais mon geste maladroit les propulse encore plus vite vers le plancher de céramique. Elles se fracassent dans un vacarme consternant. La cendre se disperse en se soulevant alors que des éclats d'élan et des fragments de doigts glissent sur le sol, rebondissent sur les plinthes et à la base de la toilette.

Je ferme les yeux et détourne le visage pour éviter d'avaler ce qu'il reste de mes parents, mais c'est peine perdue. Un goût âcre se répand dans ma bouche, mon nez picote. Je n'ose pas cracher...

Immobile, les bras encore tendus, j'évalue la situation avec un détachement qui me surprend : la cendre couvre mes chaussures et une bonne partie du plancher. J'en ai aussi sur les pantalons et sur les avant-bras. Et probablement dans le visage. Je soupire, ce qui soulève d'autres nuages. La poussière virevolte devant le rai de soleil pénétrant la pièce par la fenêtre au-dessus de la cuvette.

Quoi que je fasse, mes parents m'entourent. Ils couvrent mon visage, mes bras, mes vêtements. Mon nez, mes yeux. Ils sont disséminés dans la buanderie. Quand j'irai chercher un balai, je les éparpillerai également dans le reste de la maison, j'en avalerai sans doute un peu plus, ils se mêleront à ma salive, descendront en moi. Au plus profond de mes tripes, au cœur de mes plus beaux souvenirs. Ils seront toujours là où ils sont déjà, où ils ont toujours été.

Je reste pantois. Une seule question : qu'est-ce que je fais maintenant ? J'ai détruit la dernière demeure de mes parents en la faisant tomber sur le sol d'une maison qu'ils ne reconnaîtraient plus. Je ne pourrai plus les garder près de moi comme auparavant : dès que je ferai le moindre geste, leurs cendres se soulèveront de nouveau, et j'en perdrai encore davantage.

En réalité, je les ai déjà perdus. Je ne peux rester ainsi planté dans ma buanderie, figé sous les cendres. Je souris, malgré moi. Je suis ridicule. J'imagine mon père me donner une bonne claque derrière l'épaule et pouffer de rire. Et ma mère s'esclaffer en se cachant la bouche de la main, comme si elle ne voulait pas faire voir qu'elle aussi, au fond, est partagée entre son empathie pour mon désespoir et le ridicule de la situation.

Soudain, une pensée nouvelle m'inquiète : même si je parviens à tout ramasser, comment pourrais-je, dorénavant, distinguer les cendres de maman de celles de papa ? Les voilà réunis à jamais, maintenant que je les ai libérés des petites prisons où je les retenais.

J'abaisse les bras et les remue doucement. Il me faut un balai, un porte-poussière et un sac. Je secoue mes pantalons avec précaution, puis soulève délicatement mes chaussures en en tapant l'extrémité au sol. Je pose un pied derrière, puis l'autre. Pour sortir de la pièce. Je prends du recul. L'élan et la main de porcelaine sont méconnaissables. Irrécupérables. Inutile de songer à en recoller les morceaux.

13 h 10

Je n'ai rien trouvé de mieux qu'un petit sac de papier brun dans lequel se trouvaient des bananes achetées il y a deux jours. Je scelle le sac avec du papier collant pour éviter qu'une autre maladresse de ma part n'éparpille encore les restes de mes parents, et je relègue aux rebuts les éclats d'urnes.

Je prends un instant pour secouer mes cheveux et mes vêtements sur le palier extérieur. Comme lors de mon arrivée au pied du massif rocheux, tout à l'heure, au mont Wright, je me sens différent. J'ai l'impression d'avoir accompli un exploit dont je me croyais jusqu'ici incapable.

La prochaine fois que je me rendrai dans la forêt ancienne du mont Wright, je retrouverai l'arbre qui m'a sauvé la vie – et si bien sonné – et je disséminerai vos cendres à sa base, maman et papa.

J'inspire un bon coup et je rentre.

Les listes de résultats en main, je récupère le relevé laissé sur le comptoir en arrivant. Je ressors aussitôt pour m'asseoir dans l'escalier.

Je m'occupe d'abord du groupe de Francis Dumont. Trois autres élèves étaient en échec à la fin juin, en plus de Dumont lui-même. Fébrile, je repère les noms de famille des élèves en échec. Oui, ça y est : Abel, Mainville et Potvin. Je reviens à la liste imprimée incognito et je glisse le doigt sur la feuille, d'une colonne de chiffres à l'autre : l'échec d'Abel est maintenu, même chose pour celui de Mainville et… de Potvin. Dumont est donc le seul à avoir bénéficié de l'intervention de Fourbier dans ce groupe.

J'entreprends la même vérification dans les listes des trois autres groupes d'élèves auxquels j'ai enseigné : cinq échecs au total. Vérification faite, cinq échecs maintenus. Le vent doux fait frémir les feuilles des arbres qui couvrent la ruelle et les cours, transportant des odeurs de viande grillée qui m'ouvrent l'appétit. Je glisse les listes de résultats officiels dans mon relevé manuscrit, puis le referme.

Fourbier, c'est confirmé, n'a trafiqué que la note de Francis Dumont. Ce n'est donc pas ma capacité à évaluer les apprentissages de mes élèves qui l'a motivé à intervenir. Si c'était le cas, il ne se serait pas limité à un seul changement. Alors, pourquoi a-t-il agi ainsi ?

Mon esprit s'emballe. Je repense aux renseignements que Maurice m'a transmis au sujet de Dumont père. Au sujet du vandalisme chez Fourbier. Si, pour mon ancien patron, ce changement de résultat était anodin, il n'en serait pas venu à me congédier et à me menacer de porter plainte contre moi, pour me causer des problèmes avec la justice et ainsi détruire ma réputation.

De retour à l'intérieur, je me rends au frigo pour y dénicher de quoi me préparer un sandwich. En voyant le morceau de brie de Normandie acheté la veille à l'épicerie, j'opte plutôt pour une omelette au brie et à la ciboulette.

Je tranche de petits morceaux de fromage en surveillant la noix de beurre tandis qu'elle fond dans la poêle que je viens de mettre sur le feu. Je me délecte déjà des arômes de ciboulette diffusés par le grésillement du beurre fondu.

Je fais quoi maintenant ? Comment découvrir pourquoi Fourbier a modifié le résultat du jeune Dumont ? Je louche du côté du papier ciré qui sert d'emballage. Le Mont-Saint-Michel qui y est représenté en bleu sur fond blanc, dans un style plutôt naïf, retient mon attention. Cette forteresse sainte érigée en pleine mer évoque quelque chose que je n'arrive pas à nommer.

Quelques minutes plus tard, alors que je savoure mon omelette en gardant l'assiette posée sur mes genoux, assis dehors dans l'escalier, mon esprit s'éclaire. La Normandie, le Mont-Saint-Michel, mais bien sûr ! Alexandre Dubras en revient ces jours-ci. Il m'a justement demandé de passer le voir au sujet de Fourbier quand nous étions à l'église, pendant les funérailles de Marie David.

Où enfin je comprends Hagakuré
6 août 1993

9 h 55

Le contraste me saisit. Sur le plan architectural, le Collège Saint-Michel et la polyvalente, même déserts en plein été, se situent aux antipodes l'un de l'autre. Devant la polyvalente, difficile de distinguer l'entrée principale des portes secondaires et des fenêtres pleine hauteur. Les boîtes beiges qui constituent le mini campus me rappellent ces trappes à fourmis que ma mère disséminait à la cave l'été venu.

Planté devant le collège, je suis estomaqué. Et ravi. Il serait difficile de manquer cette entrée-là. Seul le mot « majestueuse » me paraît suffisamment juste pour la qualifier. Deux portes de bois laqué, finement ornées, attendent les visiteurs au sommet d'une dizaine de marches blanches auxquelles on accède par l'une des trois allées pavées de pierres. Sur le palier, deux colonnes encadrent les portes.

Cette entrée rappelle la façade des temples grecs de l'Antiquité, mais cadre parfaitement à l'avant de ce bâtiment de quatre étages construit dans le Québec d'aujourd'hui. De l'extérieur, l'édifice ressemble aux collèges américains huppés. Celui du film *Le monde selon Garp*, tiens, ou même de *La Société des poètes disparus*. De la pierre, des arches, des portes de bois et des fenêtres à carreaux. Somptuosité, splendeur. Bref, une école qui ressemble à une école, dressée au milieu d'un domaine gazonné planté d'ormes, d'érables et de chênes centenaires. Des arbres qui n'ont rien à envier à ceux du mont Wright.

Le site m'enchante tant que j'en oublie la pluie qui lave tout autour. C'est un jour comme il n'y en a eu que très peu cet été : temps frais, averses calmes et continues, peu de vent.

Je saisis la poignée de laiton usé et la tire vers moi. Comme je l'anticipais, la porte s'avère lourde, mais elle s'ouvre sans bruit. Elle doit bien faire trois mètres de haut. À l'intérieur, dans la semi-pénombre, je découvre une autre volée de marches. Le vestibule m'impressionne : sur les murs de part et d'autre de l'escalier, des photos sobrement encadrées, toutes du même format – probablement d'anciens directeurs ou de généreux donateurs –, suspendues avec symétrie dans les caissons de bois sombre.

Le bruit de mes pas résonne de plus en plus fort au fur et à mesure que je gravis l'escalier. Mon parapluie fermé dégouline sur le sol. Une traînée d'eau trahit ma présence, et mon itinéraire. Le père Dubras m'a demandé d'entrer, de monter l'escalier et de suivre le couloir. Son bureau se situe tout au bout.

Après seulement quelques mètres, je vois le directeur sortir d'une pièce, hésiter comme s'il ne me reconnaissait pas, et finalement venir à ma rencontre, les mains dans les poches. Il n'y a vraisemblablement personne d'autre ici. Mes pas et les siens résonnent de plus belle. En dépit de la grisaille extérieure, le couloir est baigné d'une faible lumière diffusée par les impostes haut perchées donnant sur les pièces adjacentes, et par les carreaux de verre givré des portes des bureaux et des classes.

— Bienvenue au Collège Saint-Michel, Mikaël. Comment vas-tu ?

— Bien. Merci de me recevoir, père Dubras. Vous avez fait bon voyage ?

Il me serre la main et me fait signe de passer devant, montrant d'un geste la direction à suivre. Il me paraît reposé. Nettement moins exubérant que le matin où j'ai discuté avec lui à La crème des cafés. En avançant, il me résume son appréciation des vols qu'il a pris, des attractions qu'il a visitées. Il qualifie le Mont-Saint-Michel, qui émerge de la mer sur la côte atlantique, de huitième merveille du monde.

Son bureau est immense. Du couloir, je m'attendais à une petite pièce feutrée. Cette salle ressemble davantage à un atelier d'électronique. Des tables et des étagères chargées de moniteurs, de boîtiers de micro-ordinateurs, de fils entortillés et d'outils sont appuyées contre les murs. Le grand bureau qui trône au centre de la pièce fait face aux fenêtres extérieures. Elles donnent sous les ramures des arbres du parc entourant le collège. La pièce est embarrassée au pourtour, mais le bureau, lui, est dégagé. Une île. Seuls un tapis de table, un téléphone et un porte-crayons en verre occupent sa surface.

Il referme la porte derrière moi et pousse une caisse de fils du bout du pied pour me dégager un passage. Une vague odeur de plastique chauffé plane dans la pièce.

Je me trompais il y a un instant. Je devine, en voyant Dubras se diriger derrière son bureau, qu'il est préoccupé. Je prends place dans le premier des deux fauteuils, dos à la fenêtre. Ce n'est qu'à ce moment que j'aperçois les photos sur le mur derrière lui. Des photos de groupes. Plusieurs clichés en noir et blanc. Des cohortes de finissants, sans doute. Peut-être aussi d'anciens collègues, des religieux en soutane.

— Tu as compris que je suis un amateur d'informatique ? C'est mon dada. Désolé pour le désordre. Je répare moi-même les appareils du collège quand les dégâts ne sont pas trop importants. J'ajoute de la RAM, ces jours-ci. De la mémoire vive, précise-t-il.

Il lâche un éclat de rire qu'il interrompt aussitôt en approchant sa chaise du bureau. Les pattes du siège ainsi traînées au sol produisent un bruit aigu qui résonne dans la pièce.

Nous gardons tous deux mains et doigts croisés. Un malaise s'installe au fur et à mesure que le silence se prolonge. Je ne comprends pas pourquoi ce qu'il tient à me dire semble autant l'indisposer.

Quand je l'ai joint par téléphone il y a deux jours et que je lui ai rappelé son offre, il s'est empressé de me proposer ce rendez-vous, que j'ai immédiatement accepté. Je n'ai pas perçu d'embarras dans sa voix à ce moment-là.

— Que sais-tu au juste au sujet de Réginald Fourbier ? me demande-t-il enfin, brisant la glace.

J'avais l'impression qu'il allait tourner autour du pot, mais il me surprend avec cette question. Pour bien lui répondre, je résume les conflits nous opposant, l'incident de la fin de l'année et ma découverte de la note trafiquée pour un seul élève : Francis Dumont.

Comme je prononce le nom de Dumont, je perçois un changement dans son attitude. Il plisse les lèvres et expire par le nez, comme un taureau saluant le torero qui le provoque.

— Mikaël, tu m'es très sympathique, mais je ne te connais pas beaucoup. Et comme je ne sais pas ce que tu vas faire de ce que je te dirai, je préfère demeurer prudent dans mes révélations, dit-il gravement.

Il me fixe sans me regarder. Des révélations ? À quoi pense-t-il ? Je le revois à La crème des cafés, en juin dernier, éclater d'un gros rire franc après m'avoir jeté le même type de regard.

— Réginald Fourbier et moi faisions partie de la même communauté religieuse dans les années soixante. Il a quelques années de plus que moi. Je l'ai bien connu, Mikaël. Trop bien. Tiens, attends un peu, me lance-t-il en se levant.

Il se dirige vers l'une des photos suspendues derrière lui. Il décroche le cadre et revient s'asseoir. Nouveau grincement. Il dépose la photo devant moi et montre un individu de l'index. Sur le cliché, une dizaine d'hommes sérieux en soutane noire gardent la pose.

— Je suis ici, et Fourbier est là. On l'appelait père Jude à l'époque.

Je reconnais Fourbier sans peine, mais il a quelque chose de différent. Bien sûr, il est plus jeune et plus mince, mais… Son nez, c'est ça, oui. Il a le nez fin et droit sur cette photo, ce qui ne ressemble guère au nez croche que je lui connais.

— Fourbier a quitté les ordres lui aussi ?

— C'est ça, mais la liste de nos choix communs s'arrête là. Elle est donc très courte, ajoute-t-il, plissant les lèvres. Écoute, Mikaël, poursuit-il en s'avançant sur sa chaise, Fourbier est un individu dangereux dont tu dois à tout prix te méfier. Ne le provoque surtout pas. Je ne peux pas t'en dire plus, mais sache que j'ai souffert de représailles qu'il a orchestrées il y a longtemps. Je sais de quoi il est capable. Et j'aimerais que tu gardes ce renseignement pour toi.

Il marque une pause. Je sens qu'il en aurait bien davantage à m'apprendre. Mon visage en dit sûrement long, car il me fait un signe de la main, une sorte de : « Non, n'insiste pas. » Mais il reprend aussitôt.

— Je suis par contre tout à fait d'accord avec toi sur le fond. Il est franchement irresponsable de ne pas intervenir auprès d'un adolescent qui dissimule de la drogue et profère des menaces. Et trafiquer les résultats d'un élève qui devrait échouer et faire face aux conséquences de son manque d'assiduité, c'est loin d'être pédagogiquement justifiable. De la contre-éducation, si tu veux mon avis. Tu ne verras jamais de pareilles manipulations ici, au collège. Tant que j'y serai en tout cas. Certains parents tentent chaque année d'acheter la réussite de leur enfant, mais je t'assure que leurs tentatives meurent dans mon bureau.

Je hoche la tête, mais je cache mal la déception qui m'assaille. Je ne suis pas tellement avancé. Je repense aussitôt à Maurice, le collègue policier de mon père, à ce qu'il a pu m'apprendre sur le paternel de Francis Dumont, et sur Fourbier, indirectement.

— Saviez-vous que le père de mon élève, Gerry Dumont, avait eu maille à partir avec Fourbier ?

Dubras se fige. Il attend la suite. Je lui déballe tout ce que Maurice m'a appris il y a quelques jours. Pendant le récit, mon interlocuteur pose les avant-bras sur son bureau, bien à plat, et serre les poings. Des relents de plastique chauffé me parviennent, mais je poursuis sans me préoccuper de leur provenance.

Dès que j'arrive au bout de mon compte-rendu, le père Dubras se lève et va débrancher un fer à souder posé sur le bord d'un cendrier. Il revient s'asseoir, les mains dans les poches, fixant le sol.

— C'est bon. Je me rends compte que les années ont beau passer, il y a des tares qui, elles, ne s'atténuent pas. Et c'est franchement dommage dans le cas de Fourbier. Je crains bien que ce soit ma faute. J'aurais dû le dénoncer…

La pluie qui coulait jusqu'alors sans bruit dans les fenêtres se fait un peu moins discrète, comme si le vent venait de se lever et d'en projeter une giclée contre les carreaux.

— Nous travaillions dans un pensionnat de garçons de la région. C'était un collège comme celui-ci, mais dirigé par ma communauté religieuse. J'enseignais les mathématiques le jour, et le soir, je devais, comme tous les autres religieux qui vivaient sur place, veiller à la surveillance des jeunes : je supervisais parfois la séance d'étude dirigée, parfois les sports. Fourbier, lui, était surveillant de dortoir. Un soir, en regagnant ma chambre, je l'ai surpris. Je l'ai vu forcer un garçon à…

En parlant, il se met à tambouriner des poings sur son bureau. De plus en plus fort. J'ai saisi l'essentiel : Fourbier, un agresseur d'enfants. Pour éviter de forcer Dubras à me dire ce qu'il lui répugne visiblement d'aborder, je l'interromps :

— Je comprends. Vous ne l'avez pas dénoncé et vous le regrettez, c'est bien ça ?

— Oh, je suis intervenu ! Sois-en certain ! Après avoir reconduit le gamin au dortoir, je suis retourné voir Fourbier. Il souriait, le démon. Il agissait comme si de rien n'était. Ma colère m'a dépassé : je lui ai mis mon poing en pleine figure. Il a été projeté contre le mur, puis s'est effondré, la bouche et le menton couverts de sang. Je lui avais cassé le nez. « Tu recommences avec lui ou n'importe qui d'autre, ai-je dit, et je te dénonce aux policiers. » Là, Fourbier s'est mis à rire. « Ils ne te croiront pas, fais-moi confiance. » Et il m'a glacé le sang quand il a renchéri : « On peut se le partager si tu veux. Il te plaît, c'est ça ? » J'ai quitté la pièce en me retenant de le rouer de coups. Je ne savais plus quoi faire. J'ai senti un fardeau colossal s'abattre sur mes épaules, écraser mes convictions.

Son regard fixe le même point focal que tout à l'heure. J'ai un peu honte. Je l'amène à se replonger, bien malgré lui, dans un cauchemar qui le poursuit toujours, d'après ce que je devine. Dubras est méconnaissable. Son visage est transformé par ce souvenir. Il ne peut visiblement se pardonner de ne pas en avoir fait davantage. Il se frotte les yeux.

— Ce n'est pas tout, Mikaël. Ce garçon que Fourbier a agressé, il s'appelait Gerry Dumont.

11 h 05

Je peine à retenir le parapluie. Le vent s'est levé et la pluie tombe dru. Le trottoir est littéralement bombardé. L'averse qui martèle le dôme de mon abri crée un bruit sourd et enveloppant.

Fourbier est bien plus diabolique que je le croyais. Il s'est arrangé pour que Dubras soit transféré de pensionnat. Il l'a fait déporter en tirant les bonnes ficelles auprès des supérieurs de son ordre. Coups bas, manœuvres odieuses.

Dubras s'est retrouvé loin de sa mère malade, dont il s'occupait régulièrement depuis le décès prématuré de son père. « Le Nouveau-Brunswick, ce n'était pas le bout du monde, mais pour moi, la situation se comparait à un véritable exil. »

Il a encaissé cette humiliation quatre années durant, et un beau jour, quand il a constaté que malgré les places qui se libéraient dans d'autres écoles, toute nouvelle affectation près de Québec lui était chaque fois refusée, il a décidé de quitter les ordres, de s'affranchir, et a vite décroché un poste de professeur de mathématiques au Collège Saint-Michel, établissement récemment repris en main par son personnel laïque.

— J'aurais dû porter plainte à la police contre Fourbier. J'aurais eu fort à faire : c'était ma parole contre la sienne. Et le connaissant, je savais qu'il avait sans doute déjà convaincu sa victime de ne rien dire, sous peine de représailles. Sa spécialité.

— Et maintenant ? lui ai-je demandé en soutenant son regard. Si Gerry Dumont acceptait de dénoncer Fourbier, vous pourriez l'appuyer, non ?

Il m'a regardé sans répondre, se frictionnant les mains. Le téléphone a sonné, et j'ai cru qu'il valait mieux ne pas insister.

Je tente de réfléchir, mais je suis trop agité. Mon esprit s'emballe. S'il ne pleuvait pas tant, je me rendrais marcher au mont Wright.

Alors que j'arrive près de chez moi, un facteur à la casquette bien enfoncée sur la tête, couvert d'une cape de toile marine, retire le courrier de la boîte aux lettres rouge pompier plantée entre la rue et le trottoir, devant la maison de la voisine du coin, madame Cotton. Il ferme rapidement une grande poche de toile grise et la jette dans son camion garé à proximité.

— Bonjour, monsieur Langevin !

Je me retourne. Il reste là, immobile, sur le trottoir. Pour lui, me saluer semble plus important que de s'abriter.

— Euh… bonjour. On se connaît ?

— Oui ! Je suis le père des jumeaux, Paul et Julie. Vous leur avez fait l'école cette année.

Bien sûr, oui. De bons élèves.

— Ils vous ont beaucoup aimé. Mon fils dit que vous êtes le meilleur professeur de français qu'il a eu depuis le début du secondaire.

Celle-là, c'est la première fois que je l'entends. Sans blague, le meilleur ?…

— C'est gentil ! Saluez-les pour moi, s'il vous plaît. Bonne journée ! Vous allez être trempé…

Il n'ajoute rien et me dit au revoir en portant la main à sa casquette, un geste empreint d'un grand respect. Voilà qui me touche. Il referme la porte coulissante de son petit camion et s'y réfugie.

Je reprends ma route. L'averse ne faiblit pas. Je serai bientôt chez moi.

11 h 30

Je me prépare un gueuleton minute : sandwich et café. Debout devant la fenêtre qui donne sur la cour arrière, je fixe les arbres balayés par les bourrasques et la pluie. Mon parapluie, suspendu au crochet derrière la porte, dégoutte sur le sol, au rythme du café qui infuse.

11 h 45

Avec mon dîner, je me réfugie au salon. J'ai encore à faire ici, dans ce chantier perpétuel. Mais le cœur n'y est pas. Pas en ce moment. Fourbier, Dumont, père et fils, occupent toute la place dans mon esprit. Je fais quoi maintenant ? Je comprends Dubras d'avoir voulu me protéger en tentant de limiter ses révélations. Désormais, je partage son fardeau. Vais-je, comme lui, me replier, rester muet et poursuivre ma route ?

J'engloutis mon sandwich en quatre bouchées, puis je me carre dans le sofa, ma tasse à la main. Après une première gorgée, bue du bout des lèvres, je dépose mon café sur la petite table où se trouve *Hagakuré*, qui me rappelle Tran et tout l'espoir qu'il y fondait en me recommandant sa lecture. J'allume la lampe. Son éclairage est tout juste suffisant pour me permettre de lire.

Que ferait Jocho Yamamoto, le samouraï, en pareille circonstance ? Comment le professeur intègre et compétent que j'espère devenir devrait-il agir ? Je revois le facteur se tenant bien droit sous la pluie, son salut, les visages attentifs de Paul et de Julie. J'avale une autre gorgée de café et reprends la lecture de l'ouvrage.

Je feuillette sans grande conviction la centaine de pages que compte *Hagakuré*. Le calme se réinstalle en moi.

12 h 10

« La seule façon de se venger est de foncer sur le camp ennemi et de combattre jusqu'à la mort. » Je ne désire ni me venger ni mourir.

12 h 15

« Décidez-vous en l'espace de sept souffles. » Trop tard pour moi. Voilà mon problème : je respire trop !

« Si un homme hésite trop longtemps à prendre une décision, il s'endort. » Tiens, tiens. Devrais-je m'allonger ? Je me lève un instant pour aller jeter mon fond de café froid et m'en servir du chaud.

* * *

Comme soumis à la suggestion de son propre récit, Mikaël se rend au comptoir pour nettoyer la cafetière à piston et remplir la bouilloire. Pendant que l'eau frémit faiblement, il disparaît dans son bureau. Une lumière diffuse éclaire soudain le couloir qui y mène.

Puis, quelques instants après le déclic de la bouilloire, Mikaël éteint et revient à la cuisine. Au passage, il dépose sur la table un livre à la couverture lustrée et ornée, sur fond noir, de motifs rouges et de lettres stylisées.

Cette fois-ci, il se prépare un café sans cardamome.

De retour à la table avec sa boisson fumante, sur la surface de laquelle il souffle doucement, il ouvre Hagakuré et retrouve les phrases qu'il a déjà recopiées dans ses cahiers. L'index de sa main gauche dans le livre et celui de la droite dans son cahier, il retrace et compare ces passages.

Après un moment passé à feuilleter l'ouvrage et à vérifier l'exactitude de ses retranscriptions, il le

referme, le dépose près de l'autre bouquin et revient au
cahier qu'il relisait quelques minutes auparavant. Il
avale une petite gorgée de café noir, et replonge.

* * *

12 h 35

Je suis à demi étendu sur le sofa quand une panne
d'électricité plonge l'appartement dans la pénombre et
le silence. Même en plein jour, je n'y vois plus suffisamment clair pour continuer à lire. Je me lève, m'étire en
bâillant, puis me rends à la fenêtre de devant, *Hagakuré*
sous le bras. La rue est parcourue par une ondée qui la
voile par intermittence. La violence de l'averse inonde
la fenêtre, comme au lave-auto. Je rouvre le livre et
poursuis ma lecture quasi aléatoire, en orientant légèrement les pages vers la faible lumière que les nuages
laissent malgré tout filtrer. « Il arrive parfois qu'après
avoir entendu dix ou vingt fois la même chose, on ait
une intuition soudaine et que cette intuition transcende
la signification habituelle. » Mon regard se perd de nouveau à l'extérieur, dans la rue, dans les cimes agitées des
arbres faisant écran à mes voisins d'en face. L'espace
d'un instant, le vent faiblit, puis semble mourir. La pluie
recommence à obéir à la gravité au lieu d'obliquer. Je
relis aussitôt ce passage. Henri David, Alexandre
Dubras, Maurice, Tran. En dépit de leurs différences et
sans aucune connivence, ces hommes m'ont livré sensi-
blement le même message. J'ai reçu tous les conseils et
toute l'aide que l'on peut espérer. Comment un professeur intègre et compétent devrait-il agir dans ces circonstances précises ? Je me pose la bonne question.

« Gagner d'abord, combattre ensuite, ce qui signifie en deux mots : gagner avant. » Je referme le livre. Gagner d'abord, combattre ensuite. La violence de l'averse faiblit. J'aurais pu solutionner cet imbroglio en juin dernier, dès que j'ai su que Fourbier avait trafiqué la note de Francis Dumont. J'étais obnubilé par mon orgueil blessé.

Je me rends au téléphone, que je fixe avec fébrilité, et n'attends pas le septième souffle. Je m'empare du bottin téléphonique, retourne à la fenêtre. « DUMONT, G. » Il n'y en a qu'un. Je décroche le combiné. La tonalité me fait avaler ma salive, comme si j'avais espéré, secrètement, que la panne ait également affecté les services téléphoniques. Je compose le numéro. On décroche après deux sonneries.

— Ouais ? répond un homme à la voix éraillée.

— Bonjour, je désire parler à Gerry Dumont, le père de Francis Dumont.

— Frank, ouais, c'est moé, son père. C'est qui ?

— Bonjour, monsieur Dumont. Je suis Mikaël Langevin. J'enseignais le français à votre fils cette année, à la polyvalente.

Un silence s'installe au bout du fil. Je n'arrive pas à interpréter cette pause, mais je n'ose l'interrompre.

— Qu'est-ce qu'y a ? poursuit-il enfin.

J'inspire profondément, puis je m'assois sur le sofa sans m'y adosser.

— Je vous téléphone pour vous mettre au courant d'un problème important concernant la note de votre fils. En réalité, même si le bulletin de Francis indique qu'il réussit son année scolaire en français, il l'a échouée. Le résultat que vous avez reçu n'est pas le bon.

— Ouin, pis ? Y passe, y passe. C'est quoi l'problème ? ajoute-t-il en terminant sa phrase par un « stie… » spontané.

— La note de votre fils a été changée.

Au bout du fil, j'entends un profond soupir. Colère ou découragement ? Je ne saurais le dire. Je me surprends soudain à regretter de ne pas être allé lui parler en personne. Je reprends :

— Ce que j'essaie de vous dire, monsieur Dumont, c'est que ce n'est pas une erreur.

Il ne répond rien. Là, je m'enlise. Je renchéris illico.

— Écoutez, monsieur Dumont. Si mon évaluation avait été respectée, votre fils serait en cours d'été en ce moment, pour récupérer et consolider ce qui lui fait défaut. En tant qu'enseignant, je crois que c'est mon devoir de vous en informer. Le reste vous appartient.

— Qu'est-ce tu veux dire par « c'est pas une erreur » ?

Mon tour de garder le silence. Je dois lui répondre, mais j'hésite. J'inspire et expire un bon coup. Je n'ai rien à me reprocher. Il est temps que Fourbier assume les conséquences de ses actes.

— Le directeur de la polyvalente, Réginald Fourbier, a changé la note de votre fils contre mon gré. Si vous voulez en savoir davantage, adressez-vous à lui.

Dumont père semble changer d'oreille à l'autre bout du fil… Ou met-il simplement sa paume sur l'émetteur ? Je me sens soudain mal à l'aise. Je sais bien ce que doit évoquer ce nom pour lui. Mais je ne peux m'empêcher d'être satisfait d'avoir donné un bon coup de pied dans cette fourmilière.

— C'est quoi ton nom à toé, donc ?

Le ton de sa voix a changé. Il semble intéressé, alors que j'avais l'impression qu'il allait se mettre en colère ou raccrocher.

— Mikaël Langevin, monsieur.

— OK. Pis t'as-tu une solution à me proposer, Mikaël?

— Bien sûr, oui! Il y a des solutions. Il y a un examen de reprise à la mi-août. En s'y préparant bien, Francis pourrait sans doute obtenir la note de passage, ce qui le rendrait admissible à la quatrième secondaire. Vous pourriez aussi l'inscrire à des leçons privées l'an prochain. Cela l'aiderait à surmonter ses difficultés et à passer la quatrième. Et on...

— Tu restes à Québec, toé, Mikaël. Rue Fraser, des Érables ou chemin Sainte-Foy?

Ma parole, il consulte le bottin téléphonique en m'écoutant... Une fois de plus, le ton de sa voix a changé. Cette inflexion, on dirait un sifflement, une menace...

— Je ne suis plus à l'emploi de la polyvalente. Je peux vous conseiller, mais je ne peux en faire davantage.

— OK, Mikaël. Tu m'appelles pour mettre la marde, mais tu « ne peux en faire davantage », raille-t-il en feignant une meilleure diction.

La marde, j'ai effectivement les deux pieds dedans.

— Mon devoir était de vous informer, monsieur Dumont. J'ai enseigné le français à votre fils pendant dix mois, j'ai déployé beaucoup d'énergie pour l'aider. Ça n'a pas bien fonctionné, c'est vrai, mais j'ai fait mon travail. Je voulais que vous sachiez la vérité. Communiquez avec la commission scolaire si vous voulez que Francis reprenne son examen à la mi-août. Pour le reste, je le répète, adressez-vous à monsieur Fourbier.

Là, j'ai failli raccrocher, mais j'espérais que cet entretien se termine mieux. J'envisage donc une dernière réplique plus positive, mais mon interlocuteur me devance.

— Oh! mais j'te r'marcie, monsieur l'professeur. Tu sais te servir de ta tête, toé. J'vas faire comme tu dis. J'vas parler à Fourbier, pis on va régler l'problème.

Il raccroche. Le ton de sa voix avait une fois de plus changé, mais je ne saurais dire en quoi. En m'interrogeant sur mon adresse, il cherchait à me faire peur ou quoi? Le fils a de qui tenir... La conversation n'a pas trop mal tourné, mais la fébrilité que je ressentais avant cet appel se mute maintenant en appréhension. Pourtant, j'ai gagné. Je vais sans doute recevoir un coup de fil de Fourbier lundi... Il voudra se venger, mettre ses menaces à exécution. Je dois me parer au combat. Heureusement que Maurice est déjà au courant de nos différends.

Je me frotte vigoureusement les mains et soudain, l'électricité revient. J'ai des fourmis dans les jambes. Je ne peux plus rester assis.

Je retrouve l'escabeau laissé dans la salle de bain et viens l'installer à la cuisine, là où je dois rebrancher les luminaires à suspendre au-dessus de l'évier et des plans de travail. Il y a aussi une lampe neuve à installer au salon. Son abat-jour en rotin, qui rappelle les chapeaux des paysans asiatiques, fait près d'un mètre de diamètre. Je dois ramener de la lumière ici. Après, je pourrai m'attaquer aux travaux de peinture et à la finition.

Dehors, la pluie a finalement cessé. Le vent secoue sans violence les buissons et les arbres.

Concaténations
7 août 1993

8 h 35

Le quartier m'étonne par le calme qui y règne en ce beau samedi. Le gai piaillement d'oiseaux que je ne saurais identifier me fait sourire tant il est mélodieux. Le soleil, réapparu en fin de journée hier, se montre généreux ce matin.

En dépit des travaux poursuivis jusque tard en soirée, je me suis réveillé au lever du jour. Sur la pointe des pieds pour éviter d'indisposer ma locataire, j'ai retouché la peinture de la veille, retiré le ruban à cacher et le papier journal, fait un peu de ménage. J'ai très bien dormi dans ma nouvelle chambre. L'endroit est un peu sombre sous les combles, mais comparé au four où mon lit se trouvait auparavant, je n'ai pas à me plaindre.

Je suis allé replacer mes outils à la cave il y a quelques instants. Le petit Ludovic est déjà dehors. Il s'amuse avec Lili. Le félin d'Isabelle roule dans l'herbe et, en réponse à ses caresses, s'étire avec moult ronrons d'appréciation.

Je me débarrasse d'un grand sac à ordures au fond de la cour, dans notre champ de tir au frisbee poubelle. Je replace le couvercle de métal cabossé avec précaution pour ne pas alerter le voisinage, mais soudain, des crissements de pneus, un bruit de moteur et un cri strident rompent la quiétude du matin. Quelques oiseaux s'envolent, les autres se taisent. Ludovic lève la tête. Au même moment, les avant-bras enfarinés, Tran sort de sa boulangerie chargé de deux gros sacs. C'est l'heure des poubelles, semble-t-il. Mais ce tintamarre trop matinal à mon goût monopolise toute mon attention. Je me dirige vers l'avant par le côté de la maison en pressant le pas. Je sursaute soudain. Isabelle, pieds nus dans le gravier, se précipite vers moi, terrorisée.

— Mikaël! Lili, Lili, où elle est passée? Tu l'as vue? Où elle est?

Elle parle très vite. Ses cheveux dégoulinent. La terreur se lit dans ses traits. Elle a du savon dans une oreille et elle tient son peignoir fermé au col d'une main crispée, tremblotante.

— Mais oui, Isa, doucement. Elle est couchée dans l'herbe avec Ludovic, qui la caresse. Elle ronronne de bonheur. Que t'arrive-t-il?

— Quoi? Lili ronronne? J'te parle de ma copine... Voyons! Lili Deblois, ma blonde!

Elle a le regard affolé, terrorisé. Je ne l'ai jamais vue ainsi. Elle me saisit le poignet et me tire vers l'avant. Sa blonde? Je ne comprends rien à ce qu'elle raconte, mais son effroi m'inquiète et je me laisse entraîner sans résister. En courant, elle ajoute:

— Elle vient d'arriver de son quart de travail. J'étais dans la douche. On a cogné très fort à la porte. Genre coups de poing. J'ai immédiatement attrapé mon peignoir pour aller voir qui c'était. Ils t'ont demandé. Deux hommes. Un colosse avec des lunettes miroir. Le genre motard. Et un autre que je n'ai pas bien vu.

Nous atteignons l'avant de la maison. La porte de son appartement est restée ouverte. Nous voyons et entendons alors une voiture s'immobiliser un peu plus loin dans la rue avec d'autres crissements de pneus. La portière côté passager s'ouvre subitement et heurte l'aile d'une Honda garée sur l'accotement. Le moteur gronde, les pots d'échappement crachent une fumée bleue qui voile les feux de freinage.

Lili, la blonde d'Isabelle… Des hommes qui me cherchent… Mes sens s'aiguisent. Je sens mon cœur cogner dans ma poitrine. Et Isabelle qui recommence à hurler en voyant le véhicule immobilisé, une Camaro jaune aux vitres teintées, sans plaque d'immatriculation…

— Lili! LILI! Ils l'enlèvent! LILI!

Des bruits de pas dans le gravier me font momentanément tourner la tête. Tran et Ludovic arrivent en courant.

— Rentre et appelle la police, Isa. VITE!

Je me précipite sans réfléchir, avec une vigilance qui me surprend. Chaque enjambée, chaque aspérité du trottoir, chaque détail de la scène, rien ne m'échappe malgré le flot d'émotions qui m'assaille. Un pas à la fois, le regard là où je suis, puis là où je vais. Je me trouve de nouveau sur le sentier du Vaillant, en pleine descente.

Une silhouette essaie de quitter le véhicule alors que des bras tatoués saisissent sa jambe pour la ramener à l'intérieur. Une jeune femme aux cheveux courts et noirs, portant un pyjama blanc à pois... Elle parvient brusquement à dégager sa jambe en donnant un coup de pied sec. Elle tombe sur l'asphalte, se relève aussitôt et court dans ma direction. Ce visage... Je l'ai déjà vu ! Au même moment, le colosse sort de la voiture, suivi d'un autre homme : cheveux noirs, sourcils épais, très maigre, tatoué aux avant-bras... La ressemblance est frappante : je reconnais le père de Francis Dumont. Ils se précipitent derrière la fugitive... Lili...

— Fuis, Mikaël. Enferme-toi ! Vite ! me crie-t-elle avec autorité en arrivant à ma hauteur.

C'est la femme que j'ai rencontrée au poste de police en allant voir Maurice.

J'initie un demi-tour pour lui obéir et la suivre, mais au même moment, le comparse de Dumont, que j'avais perdu de vue, surgit d'entre deux voitures et me saisit par le col de mon t-shirt. Je lève instinctivement le bras en me tournant pour me dégager, mais mon assaillant a une poigne de fer. Ma montre tombe au sol : le bracelet a dû céder. La prise du colosse ne faiblit pas. Je suis maintenant face à lui. Il m'empoigne avec vigueur, comme s'il voulait me soulever. Il me dépasse d'au moins une tête.

— C'est lui, Gerry ?

Il lui manque des dents. Son haleine pue l'alcool.

— C't'encore mieux qu'sa copine... Suis-nous, mon p'tit prof. Attention, Rhino ! Le Viet !

Comme Rhino amorce un mouvement vers la Camaro, Tran bondit de derrière les voitures garées, un rouleau à pâte à la main, qu'il abat comme un sabre sur le poignet de mon agresseur. Je me cabre vers l'arrière pour éloigner ma tête de la trajectoire du cylindre de bois.

Le colosse lâche momentanément sa prise en hurlant de douleur, mais se reprend en attrapant mon bras gauche. Les sens en alerte, je me donne quelques centimètres de recul et prends appui au sol, les pieds écartés. Je profite de cette ouverture inespérée pour lui assener un vigoureux coup de tête au plexus. Rhino lâche mon poignet et plie les jambes, posant un genou à terre, ce qui pulvérise – je le devine par le son – la vitre de ma montre. Je suis libre.

En pivotant, je remarque que Gerry Dumont sort une arme de poing cachée sous sa veste de cuir. Je reconnais ce regard.

— À terre, Mikaël, à terre ! crie Lili derrière moi.

J'obéis en cherchant abri derrière l'une des voitures, espérant quitter le champ visuel de Dumont. Un éclair argenté surgit alors, bientôt suivi d'un vacarme métallique. Un grand disque fend l'air en sifflant, me frôle et atteint le poignet de Dumont. Le choc dévie son bras et lui fait lâcher prise. L'arme s'envole en tournoyant et atterrit quelques mètres plus loin, sur le trottoir. J'entends des cris. Tran se précipite, pour récupérer le revolver, je suppose. Au même moment, des sirènes, des gyrophares : deux véhicules de police arrivent en trombe.

Dumont tourne la tête en direction des policiers et amorce sa fuite vers la Camaro, mais un second couvercle de poubelle l'atteint aux genoux et le fait trébucher. Lili, tapie derrière un arbre, saute littéralement dessus pour l'immobiliser – fort habilement d'ailleurs – et une fraction de seconde plus tard, quatre policiers nous rejoignent en courant. L'un d'eux s'esclaffe :

— Dis donc, jeune homme, t'as tout un visou !

Je me retourne et constate qu'ils complimentent Ludovic. Le garçon se tient bien droit, les poings sur les hanches. Ses lancers m'ont probablement sauvé la vie.

Tran, qui garde le pied sur le revolver, est rejoint par un autre policier.

L'instant d'après, le grand Rhino et Dumont sont debout, menottés et escortés de près.

Le père de mon élève me lance :

— Reste loin d'mon fils ! Tu lui f'ras pas c'que l'père Jude m'a faite ! JAMAIS ! rugit-il.

Voilà donc ce qu'a allégué Fourbier pour le pousser à s'en prendre à moi… Il n'a pas perdu de temps. Je m'approche pour qu'il m'entende.

— Après tout ce que Fourbier vous a fait subir, vous le croyez encore ! Dénoncez-le au lieu de continuer à jouer son petit jeu. Si vous vous souciez vraiment de votre fils, soyez un modèle pour lui ! SERVEZ-VOUS DE VOTRE TÊTE, BON SANG ! lui hurlé-je en passant subitement de la peur à la colère.

Son comparse au souffle encore coupé esquisse un sourire narquois en entendant ma réplique. Un policier me fait signe de ne pas en ajouter et entraîne les deux hommes vers l'arrière de leur voiture patrouille. Lili, que je n'avais jamais rencontrée sauf le jour de ma visite au poste du parc Victoria, tape vigoureusement dans les mains de ses collègues, comme à la lutte. Elle se replace les cheveux d'un coup de tête et s'approche de moi en initiant la même manœuvre. Je saurai quand je la connaîtrai mieux, mais on dirait qu'elle a… apprécié l'expérience.

— Et elle marche encore ! s'exclame-t-elle en me rendant le cadavre de ma Timex.

Elle tape aussi dans la main de Tran, qui s'apprête à s'allumer une cigarette, et dans celle de Ludovic. Elle se rend finalement enlacer Isabelle.

— Je t'aime, ma chouette. Tout va bien, la rassure-t-elle.

Je suis le seul à voir Tran laisser tomber sa cigarette, les yeux écarquillés, en assistant à leur étreinte.
Aucun son ne sort de sa bouche, mais je peux y lire
l'amorce d'un « Taabanak ! » de stupéfaction.

L'instant suivant, comme je commence à saisir
que nous venons de frôler la catastrophe, je ressens à
rebours la peur qu'a provoquée en moi la vue de l'arme
à feu. Plusieurs résidants de la rue des Érables sont
sortis sur les trottoirs des deux côtés, en pyjama et en
robe de chambre. Certains ont leur café à la main,
d'autres leur journal sous le bras. Ils discutent et conjec-
turent. Les uns parlent d'un accident d'auto, les autres
d'une dispute conjugale. Un petit groupe de vieillards
montrent Tran et sa boulangerie du doigt. Deux enfants
rejoignent Ludovic. Le chat dont je n'ai en fait jamais
connu le nom se faufile entre les gens et détale en vitesse.
Le père de Ludovic arrive en courant, prend son fils
dans ses bras et nous rejoint pour s'enquérir de la situation. Il ébouriffe affectueusement les cheveux de son
garçon, mais quand il comprend l'essentiel, il ne manque
pas de lui interdire de recommencer.

9 h

Isabelle et Lili nous ont tous invités à prendre le
café chez elles juste après que les policiers ont pris notre
déposition. Seuls Tran et moi avons accepté. Maurice,
vêtu d'un habit de jogging qui met son gros ventre bien
en évidence, s'est joint à nous, alerté par ses collègues.
Je leur raconte l'histoire de A à Z. Bon, d'accord. Peut-
être de B à Y. Je présente mes excuses à Isabelle et à Lili :
j'ai tardé à m'occuper de l'identification de mon loge-
ment depuis que j'habite au-dessus. Je les assure que dès

septembre, avec la parution du nouvel annuaire téléphonique, plus personne ne cognera à leur porte pour y chercher Mikaël Langevin.

Je conserve certains détails pour moi, il va sans dire, les aveux de Dubras par exemple, mais Lili et Isabelle posent tant de questions que je n'ai d'autre choix que d'aborder des pans de ma vie personnelle et professionnelle. Au fil de mon récit, je m'étonne d'arriver à établir autant de liens de cause à effet entre les événements. Quand j'évoque le moment où j'ai failli tout laisser tomber en réaction à l'absence d'appui de mon directeur devant les menaces de mort de Dumont fils, je relate l'épisode de la brique, qui demeure, pour moi, le plus mystérieux. Je ne sais toujours pas qui a commis ce méfait ni pourquoi, mais une chose est sûre : cette brique m'a fait rebondir. C'est elle qui m'a poussé à retourner à la polyvalente. Là, j'ai fait imprimer les résultats de mes élèves, ce qui m'a permis de découvrir ce que Fourbier avait trafiqué. Au fond, si la fenêtre du salon n'avait pas été fracassée, je n'aurais jamais rien su de toutes les manigances de Fourbier, ni de son passé.

— Il y a un mot pour désigner tous ces liens entre causes et conséquences. Il me semble que ça commence par c..., avance Isabelle. Fascinante, ton histoire, renchérit-elle, appuyée par Lili.

— Combien ça t'a coûté pour remplacer la fenêtre, Mik ? me demande Tran.

— Bof... Environ cent cinquante dollars, je ne sais plus. C'est le dernier de mes soucis maintenant.

À la toute fin de mon récit, Maurice nous apprend qu'une plainte a été déposée à l'endroit de Réginald Fourbier pour agression sexuelle sur un mineur. Elle date d'hier après-midi. Isabelle et Lili n'en reviennent pas. Fourbier lui-même n'est pas encore au courant, mais il en sera vite informé, car il sera appréhendé sous peu. Et avec l'incident de ce matin, il ne risque pas d'être remis en liberté provisoire.

— Qui a porté plainte, Maurice ?

Il hausse les épaules et me répond qu'il ne peut en dire davantage, qu'il ne connaît pas tous les détails. En mon for intérieur, je suis convaincu que c'est Dubras qui s'est enfin décidé. De mon côté, voyant à quel point Francis Dumont était entouré d'adultes peu recommandables, j'ai abandonné l'idée de porter plainte contre l'adolescent. Ce garçon vivra bien assez de contrariétés dans les semaines et les mois à venir. Pour l'instant, la meilleure façon de l'aider, j'en suis convaincu, c'est de le couvrir.

Lili est policière à la ville de Québec. Elle travaille de nuit, et comme elle est l'un des derniers agents à avoir été engagés, elle est très sollicitée pendant la période des vacances. Absente la nuit, de minuit à huit heures du matin, et parfois plus. Et au lit le jour, quand elle ne se tape pas des heures supplémentaires. Comme elle travaille également le week-end et qu'elle n'a pas de voiture – d'où les deux vélos d'Isabelle ! –, je n'avais pas remarqué sa présence depuis qu'elles ont emménagé. Nous avons, Lili et moi, bien involontairement joué au chat et à la souris durant un peu plus d'un mois.

Mes locataires n'en reviennent toujours pas de ma méprise. C'est Ludovic qui avait raison : l'animal qui s'est pris d'affection pour lui n'est pas une chatte, mais bien un chat, baptisé Mentor en plus, je viens de l'apprendre. Il appartient à l'un des voisins d'en face, mais il est presque tout le temps dehors, à la chasse ou en quête de son compagnon de jeu favori : Ludovic.

Tran s'amuse de ce quiproquo. Par ailleurs, il ne cesse de me répéter qu'il savait que j'étais un bon professeur, que j'avais raison de m'indigner. Il m'a étonné par son *timing* et son aplomb, ce cher Tran, ami, boulanger et samouraï, expert en maniement du rouleau à pâte.

— Oh! C'est vrai! lance Isabelle. Messieurs, réservez votre soirée du 21 août: vous êtes cordialement invités à notre épluchette de blé d'Inde, dans ta cour, Mikaël, si tu n'y vois pas d'objection...

— Mais non... Bonne idée! J'aime bien être invité et reçu... chez moi.

11 h 30

Debout devant la glace, je n'arrive pas à me défaire de certaines images de l'altercation de ce matin. Je savais que le coup de fil d'hier aurait des répercussions, mais je ne me doutais pas de la tournure ni de l'intensité que les événements allaient prendre.

Au moment où je me jette de l'eau froide au visage, l'escalier extérieur se met à vibrer: quelqu'un monte. Je m'éponge le front et les joues. Une petite rougeur apparaît au-dessus de mon sourcil gauche, mais ce n'est rien comparé aux bosses que j'ai déjà eues sur le crâne.

On cogne.

Je me rends ouvrir et je découvre Tran, un peu essoufflé, une enveloppe à la main.

— Entre!

Il fait une drôle de tête. L'air contrit, il gonfle la poitrine, expire un bon coup et se lance:

— Mik, je suis malaise de te l'avouer, mais je m'étais juré de te le dire. Je t'aime, tu sais. Mais je ne suis pas un bien.

Il s'avance et me tend une enveloppe d'une main hésitante.

Je ne comprends plus. Tran m'aime ? Il a une expression si étrange. Tran, gai, lui aussi ? Dans quel pétrin me suis-je...

— Non, ne me fais pas ces yeux-là, comme un frère, Mik. Comme un frère...

— Ah ! Moi aussi, Tran. Moi aussi. Je t'apprécie beaucoup, mais pourquoi dis-tu que tu n'es pas un bien ?

— Mais c'est ça, je t'aime comme un frère. Je ne suis pas un bien, comme Isabelle et Lili. Elles, elles sont des biennes, eh bien pas moi ! Tu comprends ? Je voulais éviter un malentendu pour t'expliquer ça, précise-t-il en tendant de nouveau l'enveloppe devant lui.

Tran et sa syntaxe...

— Elles sont lesbiennes, Tran, pas des biennes.

Comme à l'habitude, il n'écoute pas mon explication. Il insiste plutôt en agitant l'enveloppe sous mes yeux, pour que je la prenne.

— C'est quoi ?

— Cent cinquante dollars, pour la fenêtre. Je suis désolé.

Mon ami voit que je ne pige pas, alors il m'éclaire :

— La brique, Mik, c'est moi qui l'ai lancée dans la fenêtre. À ce moment-là, tu étais tellement découragé, comme à la mort de ta mère, que j'ai pensé que ça te ferait passer du chagrin à la colère, que tu réagirais.

Il m'explique son stratagème avec une telle minutie, avec une telle sollicitude que je ne peux m'empêcher de le trouver fin renard. Il me connaît bien mieux que je le croyais.

— Tran... Je...

— Non, Mik, j'insiste, m'interrompt-il. Prends cet argent. Je t'aurais remboursé d'une manière ou d'une autre. Je peux t'approvisionner en croissants si tu préfères, mais tu devras en manger tous les jours pendant des mois, m'offre-t-il en souriant des yeux et en cherchant une autre cigarette dans son tablier.

J'accepte l'enveloppe.

— Et encore une fois, je suis désolé pour cette…

Il cherche le bon mot.

— … stra-té-gie.

— Ne t'en fais pas, Tran. Moi, je viens de mettre en danger non seulement mes locataires, mais également Ludovic, et toi, et tout le voisinage. Le coup de fil que j'ai donné à Gerry Dumont était bien plus dangereux que ta brique. J'espère sincèrement que cette histoire tire à sa fin.

Tran me fait un clin d'œil et sort sans ajouter un mot. Il ne semble pas inquiet.

C'est donc ainsi que se résout le mystère de la brique. Je sais de qui elle vient, et pourquoi. Décidément, les événements des dernières semaines s'enchaînent et suivent une logique qui m'échappe, mais qui doit bien me conduire quelque part.

Serment d'hypocrite
9 août 1993

9 h 30

Je nettoie mon napperon de papier de quelques vifs coups de main, récupère les miettes et les dépose dans l'assiette. J'engloutis le fond de ma tasse de café, puis j'entreprends de déplier le journal. Phano me repère et accourt.

— Un deuxième allongé ? offre-t-il, affable.

— S'il vous plaît, oui.

Ce matin, comme le temps s'annonçait clément après la pluie de la veille, j'ai marché sans parapluie jusqu'à La crème des cafés. Les jardinières suspendues aux réverbères de la rue Cartier débordent de couleurs et dispensent des effluves sucrés pour les piétons qu'elles surplombent. Les terrasses fleuries sont déjà occupées par quelques clients. J'y flânerais pendant des heures. Je ne sais trop pourquoi, mais aujourd'hui, j'éprouve l'étrange sensation d'être, enfin, en vacances.

Je pose le journal devant moi et survole la page frontispice. J'y résiste depuis mon arrivée. Il me fallait d'abord manger. J'ai bien hâte de voir s'il est question de l'incident de samedi. À vue de nez, rien en première page.

— L'année scolaire recommence bientôt pour vous, les profs ? s'enquiert Phano, en déposant soucoupe et tasse sur la table.

Je n'ose répondre franchement. Maintenant, je sais que je veux continuer à enseigner, que c'est un choix de carrière auquel je tiens. Mais je n'ai plus d'emploi, et j'ai le cœur serré.

— Oui, les enseignants reprennent généralement du service à peu près une semaine avant la rentrée. Votre fils doit avoir hâte d'entrer au Collège Saint-Michel ?

L'idée de cette réplique sauve-la-vie me vient quand j'aperçois la place où était assis Alexandre Dubras la première fois que je l'ai vu dans ce café. Une diversion qui devrait me tirer d'embarras. Je ne me sens pas capable d'expliquer pourquoi je n'enseignerai plus à la polyvalente.

— Il est fébrile, un peu inquiet à vrai dire, mais c'est seulement qu'il veut être à la hauteur. Il ne cesse de me parler du grand gymnase du collège, et du terrain de foot. Je suis certain qu'il y sera vachement bien. Je vous laisse à votre lecture ! me lance-t-il en voyant deux clientes entrer.

Mon avenir m'apparaît comme un grand trou noir en ce moment, mais je m'en inquiète beaucoup moins qu'au début de l'été. Je sais qui je suis, ce que je peux faire, ce que je veux. J'irai présenter mon curriculum vitae dans les écoles des commissions scolaires voisines d'ici quelques jours.

En feuilletant le journal, je reviens à ce que j'espérais y trouver. Au bas et à droite de la une, on indique qu'en page C12, il est question d'un gala de remise de prix. Je repense aussitôt à ce jeune médecin grâce auquel, de fil en aiguille, j'ai pu connaître Henri David.

Le quotidien ne compte que trois cahiers en ce petit lundi. Des soldes de fournitures scolaires pour la rentrée sont annoncés toutes les deux pages.

Dans la section « Faits divers », une photo retient mon attention. Puis une autre. « Directeur d'école accusé d'agression sexuelle », titre l'article. J'y reconnais Fourbier et Dumont père. Il ne s'agit que d'un entrefilet. Je ne connais que très peu le jargon juridique, mais on y traite de plaintes croisées. Dumont, appuyé par un témoin anonyme qu'on dit très crédible, a dénoncé Fourbier. Le directeur, de son côté, a porté plainte contre Dumont pour menaces et extorsion. Des accusations de tentative d'enlèvement et de possession d'arme pourraient également être déposées contre Dumont par une tierce partie. Je serais bien curieux d'entendre de quoi il retourne en me présentant au palais de justice de Québec… mais j'y renonce. Au fond, mon rôle dans cette histoire est terminé. Ces deux hommes ont des problèmes à régler, et la justice va enfin les forcer à y voir.

En levant les yeux vers la rue, je repense au jeune Dumont. J'éprouve soudain de l'empathie à son égard. Je comprends même un peu mieux son attitude. Si son père se retrouve en prison, qu'adviendra-t-il de lui ?

J'arrive enfin à la page C12, remplie de photos en couleur. L'ancien élève de Dubras, Virgile Lemaire, le rouquin, a remporté le premier prix. Je parcours les articles faisant état des réactions des lauréats et de leurs

proches. Au bas de la page, je remarque un entrefilet :
« *Serment d'hypocrite ?* »

«À l'occasion du gala organisé par la Faculté de médecine de l'Université Laval, tenu le dimanche 8 août au Capitole de Québec, un incident a semé un important malaise dans l'assistance.

« En effet, quand Virgile Lemaire, un étudiant de dernière année, a été couronné lauréat du Grand Prix de la Faculté de médecine, il a tenu à remercier monsieur Henri David, qu'il a présenté comme l'homme qui l'a sauvé, un enseignant passionné et talentueux au sens éthique implacable. Comme Henri David était présent à cette soirée, Lemaire a insisté pour qu'il monte sur scène. Encouragé par ses voisins de siège, David a finalement acquiescé. Il s'est dirigé vers la tribune et, sans que cela ne soit prévu, a pris la parole. " Je vous demande pardon à tous, car contrairement à ce qu'affirme le lauréat de ce prestigieux prix, mes interventions auprès de lui ont échoué. [...] Étant jeune, Virgile a toujours cherché à épater la galerie, et je suis attristé de constater, ce soir, comme chacun de vous, qu'il n'a toujours pas changé. Les médecins jouissent d'un prestige inégalé dans notre société. Ils trônent au sommet de l'échelle sociale. Tant qu'ils se préoccupent du bien-être de leurs patients et de sauver des vies, je suis prêt à les y maintenir. " Les animateurs du gala se sont approchés de David pour tenter de le remercier, mais l'homme a insisté pour raconter comment sa propre femme, décédée il y a quelque temps, avait été ignorée par Virgile Lemaire.

« Henri David a soulevé des réactions d'indignation dans l'assistance, mais il a terminé son allocution comme seul un tribun de talent pouvait le faire. " J'ai été stupéfait d'apprendre qu'au Québec, depuis quelques années, les médecins ne prêtaient plus le serment d'Hippocrate. Encore plus d'apprendre que certains l'ont remplacé par le serment d'hypocrite."»

Je me retiens d'applaudir et bois, à sa santé, une gorgée de mon allongé. Je me rappelle l'indifférence de Lemaire, le doux regard de Marie, la femme de David, sa détresse surtout. Mon compagnon de randonnée s'en est donné à cœur joie. Peut-être Lemaire comprendra-t-il, cette fois.

* * *

Mikaël ajoute le feuillet du 9 août à son anthologie, qui fait maintenant quelques centimètres d'épaisseur. Il ne reste devant lui qu'un seul cahier non relu qu'il pose sous le faisceau de lumière que jette la Tiffany.

Il avale ce qu'il reste de café dans la tasse qu'il garde à bonne distance, tout près de sa montre et de l'agrafeuse. Sur le bout de son siège, il caresse la couverture de ce cahier, le dernier, puis l'ouvre délicatement, comme s'il craignait que ce qu'il y a consigné, un dénouement qu'il connaît, ne s'envole. À l'intérieur se trouve une enveloppe décachetée qu'il prend et examine avec égards avant de la déposer près du cahier.

Il survole les pages du 10 au 19 août. Il y est question de travaux de finition, de rangement, de l'aménagement de sa chambre au grenier et d'un bureau dans son ancienne chambre. En arrivant au 20 août, sa lecture devient plus attentive. Il soupire mais sourit.

L'horloge indique deux heures dix-sept.

La chaise musicale
20 août 1993

11 h 05

Dans l'appartement, le téléphone sonne. Je n'en suis qu'aux premières marches de mon escalier en colimaçon. Je presse le pas, mais la caisse de livres et de dictionnaires que je viens de retirer du coffre arrière de ma voiture m'empêche de sprinter.

En portant le combiné à mon oreille, je découvre à regret que la personne qui cherchait à me joindre a raccroché. Il faut que je m'achète un répondeur !

Essoufflé, je prends un instant pour récupérer. Une échelle apparaît soudain devant la fenêtre du salon. Deux ouvriers montent sur le toit en discutant bruyamment.

Je reprends la caisse de livres et la porte dans mon nouveau bureau, où les rayonnages sont prêts à les accueillir. Je dépose le *Robert* à côté du *Bon usage,* sur la tablette que je réserve aux outils de référence, près de ma table de travail. Ainsi, la prochaine fois que je corrigerai des rédactions d'élèves, je n'aurai qu'à allonger le bras si leurs envolées créatives me déstabilisent.

Le Rimbaud de ma mère était juste sous le *Robert*. Je le relègue à la tablette des classiques, où j'ai également choisi de ranger le journal « Bébé joufflu ». Et comme cette tablette n'est pas remplie, j'ai l'idée d'y maintenir les livres en place avec *Éléments de construction*, le manuel défraîchi de papa. Je l'ouvre un instant, parcours la préface et m'arrête sur une phrase dont je me dis aussitôt qu'elle serait digne d'apparaître dans un recueil d'aphorismes, en compagnie de nombreux extraits de *Hagakuré* : « Le propriétaire d'une maison, si modeste soit-elle, se sent un tout autre homme. » Je le pose à plat sur la tablette de manière à pouvoir lire le titre, encore visible sur le dos. Le nom de l'auteur, quant à lui, est à demi effacé par l'usure. L'ouvrage joue à merveille son rôle de serre-livres.

Je suis tellement navré de ne pas avoir retrouvé la chaîne en or de maman. Il reste encore deux caisses dans ma voiture. Si je ne l'y déniche pas, je devrai me résoudre : elle sera définitivement perdue.

Le téléphone sonne de nouveau. Cette fois, je me précipite au salon et je décroche dès la deuxième sonnerie.

— Oui, bonjour !

— Mikaël ? Alexandre Dubras. Tu vas bien ?

— Père Dubras ! Oui, oui. Et vous ?

Il semble excité.

— La chaise musicale, tu connais ?

— Euh...

— Veux-tu jouer à la chaise musicale, Mikaël ?

Là, il est carrément hystérique, et je n'ai pas le temps de répondre qu'il éclate d'un gros rire franc. Je l'imagine se cabrer vers l'arrière en s'esclaffant, comme au café.

— Désolé, père Dubras, mais je ne vous suis pas.

— Bon. C'est moi qui suis désolé. Tu sais qu'à ce jour, dix-sept victimes ont porté plainte contre Réginald Fourbier ?

À vrai dire, j'ai perdu le compte. Les médias en parlent tous les jours depuis deux semaines. Le moins que l'on puisse dire, c'est que le mouvement initié par Dubras fait boule de neige.

— Au début de la semaine, la commission scolaire l'a suspendu avec solde en attendant la conclusion des procédures judiciaires, et on lui a officiellement retiré la direction de la polyvalente.

— Enfin… Les dirigeants de la commission scolaire n'avaient plus le choix, j'imagine.

— La nouvelle n'est officielle que depuis ce matin, mais je peux te confirmer qu'ils cherchent un remplaçant depuis lundi dernier. Le plus intéressant, c'est qu'un prof du collège, qui a poursuivi des études en administration scolaire, a obtenu le poste ce matin même. Il vient de me demander un congé sans solde pour les deux prochaines années, demande à laquelle j'ai accédé.

Voilà le lien avec la chaise musicale. Non, ce serait trop beau…

— Il veut me réembaucher à la polyvalente, c'est ça ? lui demandé-je, réjoui.

— NON ! Pas question ! Écoute, Mikaël. Ce prof enseignait le français au Collège Saint-Michel. En troisième secondaire, pour être plus précis. J'ai donc un poste à combler, et le CV de prof de français qui est sur le dessus de ma pile, c'est le tien !

— Vous êtes sérieux, là ?

Je m'assois, puis me relève. Je fais les cent pas aussi loin que me le permet le cordon torsadé du téléphone.

— Je t'attends en début d'après-midi pour la signature de ton contrat et les autres formalités. J'ai besoin de ton permis d'enseignement et d'une photocopie de ton diplôme. Treize heures trente, ça t'irait?

J'acquiesce et raccroche après l'avoir remercié au moins une demi-douzaine de fois. Je commence lundi prochain, le 23 août, première journée pédagogique officielle pour l'année scolaire 1993-1994. Je saute et hurle dans mon appartement. Et je suis surpris par Isabelle, que je n'ai pas entendue monter. Elle cogne à la porte et semble ébahie, de derrière la moustiquaire, de me voir ainsi exploser de joie.

— Dis donc, t'as gagné à la loterie, le proprio? lance-t-elle, amusée. Je peux?

Elle entre sans hésiter. Je lui explique tout et elle m'embrasse.

— Te rends-tu compte, Mikaël? Ma parole, c'est une autre conséquence du coup de fil donné au père de ton élève!

Elle a raison. Ce qui m'arrive en ce moment dérive de cette décision que j'ai prise. De cette bravade, que je regrettais presque il y a deux semaines.

— Concaténation! lance-t-elle.

— Quoi? Conca quoi?

— Con-ca-té-na-tion. C'est le mot que je cherchais pour te dire, l'autre jour, comment on nommait les enchaînements de cause à effet, affirme-t-elle avec autorité. Tiens, une lettre pour toi.

L'expéditrice, Maryse Blouin, habite Trois-Rivières, d'après ce que je découvre au verso de l'enveloppe. Son écriture est ronde et soignée.

— J'ai un service à te demander, Mikaël. J'ai osé fouiller à la cave, mais je n'ai rien vu. T'aurais pas, par hasard, un brûleur au propane ou quelque chose du genre ? Et une de ces immenses marmites ? Comme on est rendus à plus de vingt-cinq invités pour demain soir, je me vois pas faire bouillir six à huit douzaines d'épis de blé d'Inde sur la cuisinière.

Je vois exactement de quoi elle parle.

— Non, je n'en ai pas, mais je sais où tu peux en dénicher. Au magasin de location d'outils qui se trouve à quatre rues d'ici, à l'intersection de Saint-Cyrille et De Bougainville...

— MERCI ! me coupe-t-elle. Je m'en occupe sur-le-champ ! À demain ! Félicitations pour ton emploi ! me répète-t-elle en refermant la porte. Et je te signale qu'il y a des mecs avec des scies sur ton toit ! ajoute-t-elle de l'escalier.

Elle me fait bien rigoler, cette chère Isa. Quel brin de femme dynamique ! Lili et elle vont bien ensemble. Elles semblent si heureuses.

Revenant à l'enveloppe, j'en déchire l'ouverture. Elle ne contient qu'une seule feuille de papier.

« *Trois-Rivières, vendredi 13 août 1993*
Monsieur Langevin,
Je tiens à vous remercier, cher monsieur. Je suis la mère de Francis Dumont. Le sergent O'Connor a consenti à me donner votre adresse.
À la suite de l'incarcération du père de mon fils, avec lequel je ne vis plus depuis dix ans, les services sociaux m'ont contactée. Pour faire une histoire courte, j'ai pu retrouver mon fils, mon petit Francis, qui a bien grandi. Il viendra vivre avec moi ici, à Trois-Rivières. Je vais tout faire pour le ramener dans le droit chemin.

Gerry était instable et violent. Quand Francis n'avait encore que quatre ans, j'ai voulu le quitter, nous mettre à l'abri, le petit et moi, mais il m'a juré que si je lui prenais son fils, il allait nous retrouver et nous tuer tous les deux. J'ai donc dû renoncer à mon seul enfant par amour pour lui. Et je me refusais à toute procédure légale... J'avais trop peur de Gerry. Depuis, j'ai tâché de refaire ma vie, mais je n'ai jamais oublié mon petit Francis. Je lui envoyais des cartes de souhaits tous les ans, à son anniversaire, à Noël, à la Saint-Valentin et à Pâques même. J'ai tant souffert de son absence. Aujourd'hui, grâce à vous, il m'est rendu.

Je ne sais pas ce que vous avez dit à Gerry, ni comment, mais c'est lui qui m'a identifiée quand les agents de la DPJ l'ont rencontré. Il a refusé, comme pendant ses autres séjours en prison, que Francis se retrouve en foyer d'accueil. Il leur a dit que son fils avait besoin de sa mère, d'une vraie famille, que lui-même n'était pas un bon exemple. Qu'il le reverrait quand il serait prêt à être le père sur lequel tout enfant devrait pouvoir compter.

Je peux redevenir la mère que j'ai toujours voulu être, monsieur Langevin. Que Dieu vous bénisse. Au nom de mon fils, merci.

Maryse Blouin »

* * *

Des larmes perlent et se gonflent, puis roulent de chaque côté du nez de Mikaël. Des larmes qu'il n'essuie pas. L'une d'elles s'échoue sur le courrier qu'il tient dans ses mains. La goutte forme une tache qui entoure le mot « fils », au bas de la page. L'encre pâlit et se disperse, épaississant les lettres ainsi auréolées.

Il agrafe cette page au feuillet du 20 août, dans lequel il ne reste qu'une page. Il se lève et disparaît en

direction de son ancienne chambre avec Hagakuré *et*
Éléments de construction *sous le bras.*

*Revenu à son poste, il n'a plus que quelques
lignes à relire. Il ne restera bientôt que les pages écrites
au début de la nuit, après être redescendu de sa nouvelle
chambre sur la pointe des pieds.*

* * *

15 h 10

La rue des Érables me semble différente au
moment où je reviens de ma rencontre avec le père
Dubras. J'ai encore une fois opté pour la route de
l'ombre, mais à la fin du trajet, j'ai renoncé à la ruelle.
Je tiens à fouler le trottoir jusqu'à ma porte.

J'ai un contrat en poche, au moins deux années
de boulot assurées, si je ne gaffe pas trop. En approchant de ma maison, je me rends compte que j'y vois
maintenant bien plus que les vestiges d'une enfance et
d'une adolescence, heureuses, certes, mais marquées
par les deuils. J'y vois aussi Isabelle, Lili, le petit
Ludovic et Tran, tiens, qui fume justement une cigarette, accroupi devant chez lui. Ma demeure s'est métamorphosée cet été. De musée fermé sur le passé, elle est
devenue un foyer ouvert sur l'avenir. Je suis passé de la
sénescence à la renaissance, à l'instar du cycle de vie
qui caractérise les forêts anciennes, comme celle du
mont Wright.

Tran se lève en m'apercevant, puis se frotte les
reins. Il vient à ma rencontre en montrant du doigt la
toiture de ma maison, la cigarette au bec. Un peu de
cendre tombe sur son tablier.

— Ils ont fait des trous dans ton toit ! T'as fait poser des fenêtres là-haut ?

— Oui, des lanterneaux, Tran. Certains sous les branches des grands arbres qui encadrent la maison, d'autres sous le ciel dégagé. Ainsi, j'aurai davantage de lumière le jour, filtrée par la canopée l'été et plus crue l'hiver. Et la nuit, je pourrai m'endormir en contemplant les étoiles. Tu auras du mal à les atteindre s'il te prend l'idée d'y lancer une brique ! ajouté-je pour le taquiner.

Tran hausse les sourcils et expire une grande bouffée de fumée.

— La canne huppée, comme dans « canard » ? demande-t-il.

J'éclate de rire et cette fois, c'est moi qui lui donne une tape sur l'épaule. Je retire le contrat de la poche arrière de mon pantalon.

— Ça y est, Tran. J'ai un emploi, regarde ! Je commence lundi prochain.

— TAAABANOUCHE ! Au collège en plus… celui que fréquentera le fils de monsieur Phano ? Félicitations, mon frère.

Tran est ému, je crois. Il se tient bien droit devant moi. Je lis la fierté sur son visage. « Mon frère. » Je suis touché. Pour couper court à l'émotion, je l'interroge :

— D'où vient ce « taaabanouche », Tran ? Tu as toujours été fidèle à ton juron !

— C'est Isabelle et Lili. Il paraît que Ludovic crie toujours « Taaabanak ! » maintenant qu'il m'a entendu. Alors j'essaie de réparer ma gaffe, tousse-t-il avec un sourire, me rendant le contrat.

Là-haut
21 août 1993

19 h 15

Mes locataires ont organisé une soirée qui dépasse de loin l'idée que je m'en faisais.

Pour être honnête, je n'y ai que très peu contribué, me contentant de tondre la pelouse en fin d'avant-midi. Elles ont nettoyé la cour, y ont suspendu des lanternes multicolores, installé des chaises et une grande table. Elles ont sorti leur chaîne stéréo pour agrémenter l'atmosphère d'un peu de musique. Il faut dire qu'Isabelle est tombée sur les caisses de vieux vinyles remisées à la cave. Je n'ai pu les lui refuser tant sa demande était mue par l'enthousiasme.

Tous les invités sont arrivés pile à l'heure. Des amies, plusieurs voisins, Tran, Ludovic et son père, Maurice et des collègues policiers de Lili. Tous s'en donnent à cœur joie pendant la séance d'épluchage qui précède la dégustation. Maurice vide trois bouteilles de bière dans l'eau de cuisson, sous le regard interloqué d'Isabelle.

— Chut ! Recette secrète ! lui souffle-t-il juste avant de s'éloigner sur la pointe des pieds en pouffant de rire.

L'affaire Réginald Fourbier a monopolisé les conversations quand Maurice est arrivé, un peu plus tôt. Pressé de questions par Tran et Isabelle, le vieil ami de mon père, s'efforçant de demeurer professionnel et de ne pas divulguer d'informations qui serviront lors du procès, nous a quand même expliqué que l'affaire prenait de l'ampleur, rappelant des pans de la saga des orphelins de Duplessis qui, en janvier dernier, ont engagé un recours collectif contre le gouvernement et certaines communautés religieuses. Sans atteindre ces proportions, près de vingt plaintes ont été déposées à ce jour. Les plaignants proviennent non seulement du Québec, mais aussi de l'Ontario et du Nouveau-Brunswick.

Quand j'ai voulu en savoir davantage au sujet de la relation que Fourbier entretenait avec Dumont père, Maurice a grimacé et s'est excusé de ne pouvoir répondre. Un peu plus tard, quand je suis allé enrouler le tuyau d'arrosage qui avait servi à remplir la marmite, il m'a suivi.

— Tout à l'heure, il y avait trop de monde, Tit-Mik. Je sais que tu garderas ces informations pour toi, alors écoute bien, m'a-t-il dit en tournant le dos à la cour, comme pour éviter qu'on lise sur ses lèvres.

En gros, quand son fils est entré à la polyvalente, Dumont père a découvert que le directeur, Réginald Fourbier, et le père Jude, qu'il avait trop bien connu, n'étaient qu'un seul et même homme. Dumont est entré dans une colère incontrôlable et s'est rendu chez lui, d'où l'épisode de vandalisme dont Maurice m'a parlé il y a quelques semaines.

Gerry Dumont était alors déterminé à porter plainte contre Fourbier, mais ce dernier l'a convaincu d'accepter un marché : son silence contre une immunité complète pour son fils. Il s'était engagé à ne pas entrer en contact avec lui et, de surcroît, il l'avait assuré que l'adolescent n'aurait jamais de réprimandes et obtiendrait la note de passage à tous ses cours. Dumont père a flairé la bonne affaire et a ajouté à l'entente que son fils et quelques-uns de ses amis pourraient implanter à l'école un réseau de vente de marijuana sans être embêtés par la direction, qui a effectivement fermé les yeux. Ce petit manège a duré trois ans. Et il vient tout juste de prendre fin.

— Dis donc, Tit-Mik, il faudra que tu répares le mortier entre les briques ! Ça craque ici, jeune homme ! a-t-il ajouté, comme pour camoufler la teneur de notre conversation.

21 h 30

L'ambiance festive semble s'être propagée dans tout le quartier. J'ai l'impression que ma cour s'est élargie.

Les filles ont finalement entamé la caisse de vinyles : Kiss, Diana Ross, Hall and Oates, Pink Floyd, Pagliaro… Tran est très amusant à regarder : il danse avec elles, tentant d'imiter leur style qui est, pour ainsi dire, mal adapté à un homme… Il s'amuse, et c'est l'essentiel.

Le père de Ludovic discute avec d'autres voisins. L'un d'eux, un fan invétéré des Nordiques de Québec, connaît les parents du jeune gardien de buts repêché en juin dernier, Jocelyn Thibault. Il lui prédit un avenir reluisant au sein de son équipe, et promet la coupe Stanley dans au plus deux ou trois ans.

Ludovic pose des tonnes de questions aux collègues policiers de Lili au sujet de leur arme de service, de leur matraque, de leurs menottes, de leur auto-patrouille. Maurice, un géant à côté de mon petit voisin, lui montre des prises pour immobiliser un contrevenant un peu trop excité.

Adossé à la maison, je contemple – oui, c'est le terme exact – je contemple cette soirée. Je crois bien qu'il n'y a jamais eu autant de monde ici, dans cette cour. Mes parents avaient bien des amis, mais ils n'ont jamais reçu tant de gens à la fois. Je suis sûr qu'ils sont ravis de constater, de là-haut, que la propriété qu'ils m'ont léguée est ce soir le théâtre de tant de fraternité et de joie de vivre.

La nuit est tombée sans qu'on s'en rende compte, le temps rafraîchit. Les lanternes qui encadrent la cour donnent des airs de fête foraine à cette épluchette de blé d'Inde. Pourtant, malgré tous ces gens qui s'amusent, malgré l'heureuse conclusion de mes mésaventures, je me sens seul. Isabelle me repère et me rejoint, suivie de Lili qui, en marchant, entoure d'un bras les épaules de sa copine.

— Tout va à ton goût, proprio?

— Je suis on ne peut plus comblé, chères locataires. Vous avez accompli quelque chose de formidable. C'était une très bonne idée, cette épluchette. Du blé d'Inde de Neuville, non?

— Délice de Bourgogne de Neuville, les meilleures terres à maïs! s'exclame Lili, en brandissant le poing dans les airs.

Si je me souviens bien, elle est de là-bas, ou de Deschambault, je ne sais plus.

— Lili ? commence Isabelle. L'an prochain, il faut répéter l'expérience ! Et pourquoi pas un Noël du campeur aussi, le 25 juillet ?

— Et un feu de la Saint-Jean ? renchérit Lili.

— Une minute avec vos projets, mesdames. Pour le feu de la Saint-Jean, j'suis pas sûr… À quelle maison au juste voulez-vous mettre le feu ?

Lili me pousse l'épaule et me montre le poing, feignant la colère. Nous rigolons de bon cœur.

— Faire des projets, c'est le propre des couples heureux, mon cher ! reprend Isabelle, en appuyant sa tête sur l'épaule de Lili, qui a quelques centimètres de plus qu'elle.

Le morceau qui jouait, *Crime of the Century*, de Supertramp, se termine, après une série de pièces qui m'ont replongé loin derrière, avec *School* et *Dreamer*, qui a même fait chanter Maurice. Lili entraîne Isabelle vers la caisse de vinyles pour y choisir un autre microsillon.

Après mes vieux disques et ceux de ma mère, elles en sortent un qui appartenait à mon père. Chet Baker. Les airs de jazz risquent de trancher avec l'atmosphère très années soixante-dix et quatre-vingt qui règne depuis le début de la soirée.

Les premières notes jouées à la trompette de *There Will Never Be Another You* font se dresser les poils de mes avant-bras. La préférée de papa, qui ne pouvait s'empêcher, dès qu'elle jouait, d'aller chercher maman, même quand elle pliait du linge ou s'affairait à laver la vaisselle. Ils dansaient ensemble dans la cuisine, joue contre joue. Ce bonheur-là était parfait, et j'en étais. Que j'aimais les voir ainsi ! Cette chanson me bouleverse toujours autant. Je décapsule une autre bière et me dirige vers l'avant de la maison, m'efforçant de ne pas être repéré. J'éprouve soudain le besoin de m'asseoir seul, dans l'escalier, face à la rue.

J'ai à peine fait cinq ou six pas dans le gravier qu'une silhouette apparaît à l'autre bout de l'allée. Isabelle revient sans doute de son appartement… Une brise tiède me caresse le visage de son souffle vanille et lavande. Cette démarche…

— Jo… Jolianne, c'est toi ?

La pénombre me fait hésiter. Mon cœur s'emballe. Je m'immobilise. Elle avance vers moi et entre dans le faible halo de lumière provenant de la cour, qui dévoile son visage, son sourire, son regard…

— Bonsoir, dit-elle en s'arrêtant à quelques pas de moi.

Ma parole !

Jolianne…

Derrière, les échos de la chanson de Chet Baker continuent d'alimenter ma mélancolie, qui se mute en une joie si intense, si parfaite.

— J'ai rencontré ta locataire au magasin, hier. Elle est venue pour louer…

— … un brûleur au propane et une immense marmite, continué-je.

— J'ai voulu lui confier la chaîne de ta mère, que j'avais négligé de te rendre. Tu sais, la petite chaîne en or… Elle m'a proposé de venir te la remettre moi-même, ce soir, alors…

Voilà ce qu'Isabelle manigançait… Elle savait que Jolianne se pointerait ici pendant l'épluchette.

Jolianne tend la main, et j'y reconnais l'objet que je croyais perdu. Je fouille aussitôt ma poche et en sors mes clés. J'y ai joint le jonc qu'Isabelle a retrouvé dans la plomberie. Un cadeau de ma mère à sa bru.

— Moi aussi, j'ai quelque chose à te rendre, dis-je en déposant ma bière par terre.

Elle se renverse, mais je m'en fous.

Jolianne fait un pas. J'en fais également un. Elle tend la main, je glisse l'anneau autour de son doigt. Je la regarde. Elle me regarde.

— Ça fait longtemps… Je le croyais perdu.

Je penche la tête. Elle noue la chaîne autour de mon cou.

There will be many other nights like this…

Je pose les mains sur ses hanches. Elle n'a pas encore retiré les siennes de mon cou.

— Ton copain ne verra pas d'objection à ce que je t'invite pour cette danse ?

— Je n'ai pas de copain. Le gars du mois de juin, quand tu sortais du café, c'était un collègue du magasin que j'ai utilisé pendant trente secondes pour te rendre jaloux. Oui, je t'ai reconnu malgré ta casquette, mon beau brun.

Ça, c'est bien elle. Elle lève la tête. Son souffle chaud effleure mon cou. Nous dansons dans la pénombre, piétinant doucement le gravier, entre la cour et la rue. Je pousse du pied la bouteille de bière vide… Je me sens si… plein.

— Demain, dis-je tout bas, tu travailles ?

— Non. C'est dimanche. T'as des projets ? demande-t-elle en resserrant son étreinte autour de mon cou.

Je sens son corps rejoindre le mien. Ses hanches tanguent au rythme de la musique. Une douce chaleur nous enveloppe.

— Oui. Un petit déjeuner là-haut. Une randonnée en forêt. Une soirée poulet frit et zombies, devant la télé. Ou bien au ciné : le dernier Romero est sorti vendredi.

— Toi, tu sais parler aux femmes, réplique-t-elle de sa voix la plus coquine.

Elle m'embrasse tendrement, les yeux fermés. Oui, ça me revient. Cette douceur, ces cheveux, enfin… Je me saoule de son parfum.

— Il paraît que faire des projets, c'est le propre des couples heureux.

— Hmmmm ! J'endosse, ajoute-t-elle en m'embrassant de nouveau.

Quelqu'un arrive derrière, pouffe de rire et se retire sans qu'on puisse voir de qui il s'agit. Jolianne reprend :

— J'ai un autre projet pour tout de suite : tu me présentes à tes amis, et ensuite, on gravit ensemble ce bel escalier en colimaçon, choisi avec goût ! s'exclame-t-elle en aparté. Et tu me fais visiter ton « là-haut ».

Je la serre contre moi, et nous restons ainsi, tous deux, jusqu'à la fin de la chanson.

Yes I may dream a million dreams
But how can they come true
If there will never ever be another you.

Quel banal *happy ending*… je sais. Mais comme je l'ai déjà lu quelque part, « deux » n'est-il pas le commencement de la fin ?

Il est maintenant temps pour moi de tourner cette page, la dernière. J'en ai assez de ces jours de papier.

* * *

Mikaël agrafe l'ultime feuillet aux autres, ferme le cahier bleu gonflé par les ajouts, et pose la main sur la pile ainsi formée qu'il abandonne au centre de la table. Il porte l'autre main à la chaîne suspendue à son cou, qu'il palpe d'abord, puis roule délicatement entre le pouce et l'index.

Après un aller-retour dans son bureau pour ranger son agrafeuse, il jette les cahiers écartés – la pile de droite – dans la corbeille à papier. Il examine sa montre, son boîtier déformé, la vitre lézardée, et la relègue elle aussi à la corbeille. Il éteint la Tiffany et monte se coucher.

Étendu, la tête bien calée dans l'oreiller, il soupire de contentement en admirant les étoiles par-delà les lanterneaux qui surplombent son lit. Même les yeux grands ouverts, il rêve déjà. Jolianne se retourne et se blottit contre lui, sans se réveiller.

Épilogue

Ils entrent et répondent illico à ses « Bonjour ! »
et à ses « Bienvenue ! ». Près de la porte, ils consultent le
plan de classe, gagnent la place qui leur est assignée et
feuillettent les documents déposés sur leur pupitre.

Au tableau, trois mots en lettres script : « Mikaël
Langevin – français. » Juste au-dessus, en haut et à
droite, apparaît la date du jour : « 30 août 1993. »

Se tenant à l'entrée de sa classe, souriant,
Mikaël continue d'y accueillir garçons et filles. Comme
la porte s'ouvre dans le couloir – une erreur, de son
point de vue de menuisier du samedi –, il peut se tenir
tout près, sur le seuil, sans risquer d'en manquer un
seul.

* * *

Un jeune homme plutôt volubile, un tantinet
moqueur, prend la parole avec assurance.

— Qu'est-ce qu'y s'passe si on fait pas nos
devoirs ?

Les autres observent la scène avec curiosité.

— Étrange… J'entends des voix, mais je n'aper-
çois aucune main levée… Très étrange.

Mikaël cherche un interlocuteur invisible tantôt en direction de la porte, tantôt en levant les yeux au plafond. La plupart des élèves s'amusent de la réplique et des mimiques de leur professeur. Certains se tournent vers l'auteur de la question. Le garçon se reprend et lève aussitôt la main.

Sans lui laisser le temps de reformuler son interrogation, son prof lui répond :

— Miguel, déduit-il après avoir jeté un coup d'œil au plan de classe. Je m'attends à ce que vous fassiez vos devoirs avec application et assiduité. C'est pour vous aider à approfondir ce que nous apprenons à l'école que vous aurez quelques exercices à faire à la maison.

— Mais si on comprend pas c'qu'on a à faire, m'sieur ?

— Vous répondez quand même à toutes les questions en vous efforçant de demeurer pertinents. Mieux vaut tenter une réponse plutôt que renoncer à essayer. Un devoir incomplet est un devoir non fait qui appelle, conséquemment, des sanctions. Quand nous en viendrons à corriger vos réponses, vous pourrez me poser toutes les questions qui vous viennent à l'esprit.

— Oui, mais si on le fait pas quand même ? renchérit-il, guettant les réactions de ses camarades.

Quelques-uns, justement, commencent à montrer des signes d'exaspération.

— Alors le devoir devra être fait en double, ou en triple, selon mon humeur. Signé par vos parents. Et si, Miguel, tu voulais t'entêter à ne pas faire ce que j'attends de toi, tu seras expulsé de mon cours et tu ne pourras le réintégrer que quand ce qui doit être fait aura été fait. Maintenant, m'sieur Miguel, est-ce que tu comprends ?

Des élèves riotent en entendant cette réplique. L'adolescent ne paraît pas offusqué, mais baisse les yeux.

— Je te remercie, Miguel, de m'avoir donné l'occasion de clarifier la question des devoirs, termine Mikaël sur un ton chaleureux. Il y a sans doute autour de toi d'autres élèves qui bénéficieront tôt ou tard de ces précisions.

Le garçon relève la tête et sourit, complice.

* * *

Le timbre marquant la fin du cours retentit. Mikaël est toujours en train de présenter le premier devoir. Aussi, suivant la consigne qu'il leur a clairement donnée pendant son cours, les jeunes l'écoutent jusqu'à la fin de son explication et ne quittent leur pupitre qu'à son signal.

« Lui, c't'un bon prof ! » lance un garçon à sa voisine en se levant.

« Ouin ! Et as-tu vu c'qu'il a répondu à Mig ? J'sens que j'vais l'aimer, c'prof-là ! »

* * *

La classe est maintenant déserte. La plupart des élèves ont salué leur professeur en sortant. Mikaël desserre le nœud de sa cravate, replace quelques chaises et entreprend de distribuer des documents sur chaque pupitre pour les élèves qui arriveront dans moins de dix minutes.

Sa tâche terminée, en revenant à l'avant de la classe, il s'arrête pour contempler, pour la centième fois au moins depuis le début de la journée, le panorama que lui offrent les immenses fenêtres à guillotine. Il s'en approche. *Le vent berce les ormes et les chênes centenaires de l'esplanade.*

Ce mur de l'école se trouve plongé dans l'ombre à ce moment de la journée. Aussi, Mikaël voit-il soudain une image sur fond vert, sa propre image, renvoyée par la vitre. Examinant son reflet avec amusement, il s'aperçoit également de dos, légèrement à droite, grâce à l'image renvoyée par la fenêtre de la porte de sa classe, demeurée entrouverte. Sur cette toile qu'il contemple, il se fond, de face et de dos, dans une classe où les arbres semblent carrément tenir lieu de mur. Ce jeu de miroirs et de perspectives l'hypnotise. Soudain, derrière, une ombre passe et trois coups secs le tirent de sa rêverie. La porte s'ouvre.

— Monsieur le professeur? Un petit colis pour vous! annonce avec bonne humeur un grand homme chauve.

— Alexandre! Un colis?

L'homme porte lui aussi la cravate. Des lunettes pendent à son cou. Il examine brièvement la classe, le tableau, les documents soigneusement disposés sur les pupitres. Il semble approuver.

— Notre ami Henri David est passé te voir, mais il ne voulait pas te déranger pendant ton cours, et ne pouvait t'attendre non plus, même si j'ai insisté. Tiens.

Le père Dubras tend une enveloppe d'une bonne épaisseur à Mikaël, qui l'ouvre sur-le-champ. En retirant le haut de la pile de papier qu'elle contient, il lit:

« L'Attrape-cœurs

de
Jerome David Salinger
Une traduction québécoise d'Henri David »

Il sourit, stupéfait, et remercie Alexandre Dubras qui repart aussitôt sans refermer totalement la porte.

Mikaël jette un coup d'œil à sa montre, mais son regard ricoche de son poignet nu vers l'horloge accrochée au-dessus du tableau. Ses élèves ne devraient plus tarder.

Il pose le colis de son ami sur son bureau et se rend à la fenêtre la plus près de sa tribune. Il la soulève avec effort et la bloque au moyen d'une baguette de bois. Il prend appui sur la base du dormant et s'immobilise. Une brise vivifiante gonfle sa chemise et soulève, derrière lui, les documents posés sur les pupitres de la première rangée. Deux d'entre eux s'envolent et tournoient jusqu'au sol. Dans ses pupilles se reflètent les ormes et les chênes qu'il détaille, de la pelouse où s'agrippent leurs racines jusque là où les plus hautes branches tendent leurs doigts effilés. Quelques-unes des feuilles de ces géants revêtent un vert plus pâle, qui tire déjà sur le jaune. Les cimes animées de coruscations ondulées frémissent sous un ciel sans tache.

Le courant d'air investit la pièce et la remplit, si bien qu'il repousse lentement la porte jusqu'à ce qu'elle soit grand ouverte.

Remerciements

Écrire est un labeur solitaire, c'est vrai, mais je ne peux me garder de souligner l'apport de ceux et de celles qui ont contribué, parfois même sans le savoir, à la création de *À l'ombre des feuilles*.

Merci à Marie-Claude, Béatrice et Raphaël pour votre patience, vos encouragements, votre amour surtout. Vous êtes mon eau et mon air. Vous ensoleillez mon... notre terreau.

Merci, papa, pour m'avoir déniché *Éléments de construction*, de Benjamin Cyr. À votre façon, pour les choses essentielles de la vie, maman et toi avez toujours su m'outiller, quelles que soient les circonstances.

Merci à Jean-Pierre, collègue de longue date. C'est lui qui m'a appris l'existence du Parc de la forêt ancienne du mont Wright. Merci également à mon frère, Martin, qui m'y a accompagné, en dépit de la difficulté que représentait une ascension par le sentier du Vaillant. Ces lieux, si importants dans *À l'ombre des feuilles*, je n'aurais jamais su les recréer sans votre apport.

Merci enfin à Alain Beaulieu pour ses encouragements et ses conseils avisés, à Pascale Morin et à

Pierre Bourdon pour leur accueil, leur confiance et leur ouverture. Et merci, bien sûr, à Sylvie-Catherine de Vailly. La délicatesse dont elle a su faire preuve pour arriver à relever ce qui n'allait pas et tout à la fois souligner ce qui méritait de l'être m'a permis de maintenir l'équilibre entre mes propres réflexes d'intransigeance et de complaisance.

Je vous suis, à tous, très reconnaissant. Merci, surtout, d'avoir cru en moi.

S.

MARQUIS

Québec, Canada

Achevé d'imprimer au Canada